mare

MARIANNA KURTTO

Tristania

Roman

Aus dem Finnischen
von Stefan Moster

mare

Die Originalausgabe erschien 2017 unter dem Titel *Tristania*
im Verlag Werner Söderström Ltd – WSOY, Helsinki.

Die Übersetzung wurde gefördert von FILI –
Finnish Literature Exchange.

FILI
FINNISH LITERATURE EXCHANGE

1. Auflage 2022

Typografie Iris Farnschläder, mareverlag
Schrift Verdigris
Druck und Bindung CPI books GmbH, Germany
ISBN 978-3-86648-656-0

FSC www.fsc.org
MIX
Papier aus verantwortungsvollen Quellen
FSC® C083411

www.mare.de

Knüpfst du die Bande des Siebengestirns,
oder löst du des Orions Fesseln?

Hiob 38, 31

Würden die Wellen etwas fühlen, würden sie sich wundern, wenn sie auf die Insel träfen; sie haben geglaubt, ihr Weg wäre endlos, eigentlich sogar, ihre Welt wäre die Unendlichkeit. Aber jetzt prallen sie auf grauen Stein und schwarzen Sand, werden in die Höhe geschleudert und zerstieben, regnen in wütenden Spritzern auf die empfindungslose Uferlinie herab. Sie drängen immer weiter, Stück für Stück tiefer, sodass die im Sand vergrabenen Schnecken bald das Wasser im Nacken spüren, sich an ihr Zuhause erinnern, es in sich tragen.

Und irgendwo in der Nähe der Schnecken würden die Wellen, falls sie etwas dächten, immer größeren Überraschungen begegnen: Sie träfen auf eine vom Ufer ins Wasser geronnene Skulptur. Diese Skulptur ist schwarz, hat gerade noch vor Hitze gezischt, als sie das Wasser und die Kälte berührte, aber jetzt ist sie verstummt, fest geworden, als wäre ein Wasserfall aus Öl plötzlich erstarrt. Der Wasserfall ist wie für diese Stelle bestimmt, fertig, obschon jeder Mensch, der dieses Bild betrachten würde, verstände, dass der Berg noch unvollendet ist und die Insel, noch lange nachdem unser Verständnis erloschen ist, ihre Ränder umformen wird.

Und wenn der Mensch, der die Stelle sieht, an der die Lava ins Meer eintritt, weiter nach oben ginge, den von hoffnungsvollen Füßen getrampelten Pfad zum Dorf hinaufstiege – wenn er den Spähhügel passierte, ohne zu spähen, weiterginge, ohne an der Weggabelung seine Möglichkeiten zu zählen –, träfe er dort keine Lebenden an, obwohl das Leben nah wäre, der Atem sich in den Tapeten wellte, Fingerab-

drücke die Gardinenstoffe befleckten und in den Laken hartnäckig ein menschlicher Geruch läge.

Er würde das Dorf hinter sich lassen und immer weiter hinaufsteigen, einer Gegend zu, in der es weniger Menschliches und die Leblosigkeit des Steins in größerer Dichte gibt, Gras, das sich im Wind biegt, ohne es zu wissen. Er wäre allein. Er begäbe sich immer weiter nach oben, als zöge ihn eine entschlossene Kraft an, zerrte ihn dorthin, wo die Erde endet und der Himmel in seiner Schleierhaftigkeit beginnt. Und dort, ganz oben, befindet sich die Stelle, wo sich das Herz des Berges glühend auftut.

Aber bis an den Rand dieses Herzens ist es ein weiter Weg.

Und weit unten schlagen die Wellen auf das immer kälter werdende Ufer.

Würden sie etwas fühlen, hätten sie vor der Insel so viel Angst, dass sie erstarrten, und es gäbe kein Wasser mehr. Aber sie fühlen nichts, sie schlagen an Land, ziehen sich aufs Meer zurück und lösen sich auf.

Und es bleibt nichts als Formlosigkeit und Wasser und dazwischen schwarze Sandkörner wie erloschene Sterne.

EINS

Tristan da Cunha, Oktober 1961

JON

Heute liege ich länger im Bett als an den anderen Morgen und sehe zu, wie das Sonnenlicht über die Vorhänge auf die Zehen zu schleicht. Ich muss nicht darum bitten, ausschlafen zu dürfen, denn heute ist Samstag. Heute bleibt die Tür der Schule zu, die Kinder knistern nicht mit ihren Heften, und auch die Lehrerin eilt nicht den Hügel hinauf und wischt sich dabei die letzten Reste vom Schlaf aus dem Gesicht.

Das Licht schleicht, aber etwas saust geschwind über die Wand: eine Ameise, eine Soldatin, die sich von ihrer Familie wegverirrt hat. Sie bleibt stehen, schwenkt die Fühler, korrigiert die Richtung und läuft weiter.

Auch Mutter schläft heute länger. Erst jetzt höre ich, wie sie aufsteht, sich in der Küche zu schaffen macht und vor sich hin summt. Die Melodie ist immer die gleiche: Mutter kocht Wasser und gießt es in die Kanne, in der Teeblätter warten, die schon einmal gezogen haben. Gedankenverloren liest sie an der Wand die Seite aus einer alten Zeitung, die als Tapete dient. Die Zeitungsseite zeigt das Foto einer Katze, sie wurde vor langer Zeit irgendwo weit weg aus einem brennenden Haus gerettet. Auf der Handfläche des Feuerwehrmanns sieht sie aus wie eine Wunde.

Wenig später hat sich Mutter ans andere Ende des Raums begeben. Sie steckt sich die Haare zu einem losen Dutt hoch und bindet ein gefärbtes Taschentuch darüber.

Als sie sich meinem Zimmer nähert, höre ich nur das Rascheln ihrer Kleider. Sie öffnet die Tür und lugt herein, sodass die Tür möglichst wenig knarrt.

Ich spiele den Schlafenden.

Meine Mutter spielt die Mutter.

Sie schließt die Tür hinter sich und geht.

LISE

An diesem Morgen macht Lise einen Spaziergang, aber auf Tristan kann man nicht spazieren gehen wie anderswo. Man kann nicht gehen, wohin man Lust hat, denn es ist eine Insel, die ein Berg ist, zwei Kilometer hoch, ozeantief und von Schluchten gespalten.

Es ist Frühling. Die Sonne verströmt Gelb und Weiß, der Wind saust zwischen Häusern und Sträuchern hindurch und lässt alles lebendig erscheinen.

Lise zieht einen langen Rock und einen Pullover an. Sie tritt aus der Tür und geht die mittlere Querstraße des Dorfes entlang, deren vorletztes Haus ihr Zuhause ist, und bald erreicht sie die Gabelung, auf die alle Straßen zulaufen und wo aufgerichtet drei Steine stehen. Es heißt, die Steine seien Grabsteine, unter ihnen lägen die ersten Bewohner der Insel, die Männer, über deren Schicksal viele Geschichten umgehen – so viele, dass die Wahrheit vorzeiten schon überdeckt wurde wie die Leichen, die niemals gefunden worden sind.

Auf den Steinen steht nichts. Aber da sind sie und geben der Drei-Steine-Gabelung den Namen, dem allgemeinen Treffpunkt im Dorf, wo Lise sich heute mit Elide trifft.

Elide kommt spät, wie immer; sie ist immer voll von den Sorgen des Familienlebens, von häuslichen Pflichten und Kinderkrankheiten.

»Hilde hat wieder die ganze Nacht wegen ihrer Ohren geschrien«, sagt sie und küsst Lise auf die Wangen.

»Das arme Mädchen.«

»Du kannst von Glück sagen, dass Jon schon so groß ist. Und gesund.«

»Da hast du wohl recht …«, sagt Lise und lächelt, während sie an den Jungen denkt, der als warmes, weiches Bündel in seinem Zimmer schläft.

Nur anderswo im Haus ist es kalt.

»Gehen wir?«, fragt sie und hebt ihre ausgefransten Rocksäume.

Sie gehen von der Weggabelung aus weiter, zuerst an Tildas Haus vorbei – »Eines Tages wird dieses Haus noch in der Erde versinken«, sagt Elide – und dann vorbei an der Konservenfabrik, wo Krebse und Fische eingedost werden. Hinter der Fabrik fängt der Weg an, der die Zigeunerschlucht streift, und den sie zur Schafsebene hinaufgehen.

Auf halber Strecke bleibt Elide stehen und stützt sich auf die Knie.

»Warum kommt es mir so vor, als wäre die Ebene weiter oben als sonst?«

»Vielleicht hat der Berg Steine verrückt, um uns zu ärgern«, antwortet Lise, »oder es liegt an unseren Beinen.«

»Das kann nicht sein. Wir haben die Beine von Steinböcken!«

Am Ziel angekommen ist auch Lise außer Atem und erhitzt. Sie zieht den Pullover aus, wendet sich der Aussicht zu und sieht den blauen Himmel als Kuppel über ihnen ruhen. Alles unter dem Himmel ist klar: das Gras, das Meer, die Fischerboote wie ins Wasser gefallene große Vögel. Es ist, als leuchteten sogar die Algen unter der Wasseroberfläche.

»Schön«, sagt Lise.

»Das wird ein guter Tag«, meint Elide.

Lise dreht sich zum Berg um und blickt auf die Schafe, die langsam und sorglos am Hang grasen, ohne um etwas anderes zu wissen.

Sie beschirmt die Augen mit der Hand und sucht unter den Tieren diejenigen, die am Ohr das von ihrem Mann hineingeschnittene Zeichen tragen.

JON

Jetzt bin ich bereit: Jetzt stehe ich auf, ziehe die Vorhänge zur Seite und lasse das vor Freude zuckende Licht mein Zimmer erobern.

Das Fenster ist fleckig, aber der Himmel glänzt an jeder Stelle.

Ich schlurfe in die Küche und wickle das Brot aus dem weißen Handtuch. Mutter hat für mich gebacken, die Finger im Teig versenkt und ihn geknetet, den Ofen vorgeheizt und das Brot genau so gebacken, dass ich davon essen möchte.

Ich hole die Butter aus der Kammer, streiche sie aufs Brot und nehme den Tag entgegen, der allmählich seine Form annimmt.

Nachdem ich gegessen habe, setze ich mich vor das Regal, um mir ein Buch auszusuchen.

Ich bin stolz auf meine Sammlung, denn es gibt auf der Insel nicht viele Bücher, nicht einmal Schulbücher, aber bei uns füllen sie ein ganzes Regal. Mein Vater hat sie von seinen Reisen mitgebracht, obwohl er noch vieles andere dabeihatte und der Platz begrenzt war – aber *für Wissen ist immer Platz*, sagte er, *und für Geschichten, die uns zu Menschen machen*, fügte er hinzu und reichte mir die Bücher, die so viel wogen, dass ich in die Knie ging.

Die Väter der anderen sind nie so weit weggefahren. Die Väter der anderen haben Vogeleier und Guano von Nightingale geholt, aber Nightingale ist nah, man segelt in wenigen Stunden hin, und es gibt dort keine hohen Gebäude oder bunten Autos. Dort gibt es nur Vögel, und die Vögel haben endlos zu tun.

Die Väter der anderen blieben bei ihren Fahrten eine Nacht weg oder zwei, und wenn sie zurückkehrten, klagten sie darüber, wie anstrengend es gewesen war. Man musste sie ausruhen lassen, ihre Hände schmerzten und die Beine taten ihnen weh, aber mein Vater wurde nie müde. Nein, obwohl er die in den Bündeln versteckten Süßigkeiten von weiter weg holte, als man sich vorstellen konnte; er war wochenlang weg, so viele Wochen, dass ich beim Zählen durcheinanderkam und die Tage zu einer gleichmäßigen, vom Warten gefärbten Masse wurden.

Auch für meine Mutter veränderten sich die Tage und wurden undeutlich, wenngleich sie das zu vertuschen versuchte. Es kam etwas seltsam Schrilles in ihre Stimme, ihre dunklen Augen verblassten, und sie geriet beim Zählen nie durcheinander, da bin ich mir sicher – aber wenn ich sie manchmal fragte, wann Vater kommt, sagte sie, sie wisse es nicht, *iss jetzt deinen Teller leer*, sagte sie mit fremder Stimme und ging in ein anderes Zimmer, um alleine zu zählen.

Und wenn mein Vater endlich zurückkehrte, fühlte ich mich viel größer als bei seiner Abreise. Er watete ans Ufer, die Leute ringsum zerstoben wie Rauchvögel in der Luft, und es gab nur noch meinen Vater, das Bein meines Vaters, an das ich mich klammerte, und seine Worte: »Was ist denn das für ein großer Junge!«

Ich wollte platzen vor Stolz, denn der große Junge war ich, und weil alle auf ihn gewartet hatten, auf *meinen* Vater, in dessen Augen ein geheimes Wissen über die Außenwelt glänzte.

Aber ich konnte eigentlich nicht sonderlich groß sein, denn mein Vater hob mich hoch wie einen abgebrochenen Zweig.

Er befestigte den Zweig wieder an dem Baum, der er selbst war, und da kam es mir vor, als wäre das Leben ein einziges Wachsen direkt in den Himmel hinein.

LISE

Nachdem Lise und Elide die Schafe in Augenschein genommen haben, steigen sie den Berghang wieder hinab: gehen an der Fabrik, an der Drei-Steine-Gabelung vorbei bis an den Spähhügel und von dort hinunter zum kleinen Strand.

Am Strand schmeckt Lise das Salz. Sie stellt sich das Leben im Meer vor: die bedächtigen Korallen und die silbern wallenden Schwärme der Fische, die Wale wie glitschige Planeten. Sie stellt sich auch das vor, was tot ist, die am Grund zerbröckelten Krebse, die Seemänner, die sich nie in Sicherheit bringen konnten – aber die Gedanken sind zu groß, besser man konzentriert sich auf kleine Dinge, nimmt eine Muschel in die Hand und streichelt ihre leblose Oberfläche.

»Schau nur, was für schöne Farben«, sagt Lise und zeigt Elide die Muschel. Die Freundin nickt, versteht aber nicht, warum man schmutzige Dinge anfassen soll anstatt die wenigen sauberen.

Elide ist derart im Alltagsleben verstrickt, dass sie das Wunder nicht sieht, in dem sie lebt. Sie kocht in riesigen Töpfen und klagt über den Wind und die Sonne und, wenn es regnerisch ist, über den Regen. Sie hätte gern hellere Haut. Sie schaut auf die mit Schmuck behängten Frauen auf den Tapeten und kommt sich wie eine verdorbene Perle vor. Sie hat harte Fersen, vom Spülwasser raue Hände und sechs windzerzauste Kinder sowie einen Mann, der mit den Augen lacht, weil ihm im Mund ein großer Zahn fehlt.

Lise hat ein Kind, ihr Mann ist fort. Ein am Grund zerbröckelter Krebs oder einer, der ans Ufer kam und sich einen neuen Panzer wachsen ließ.

Lise hält sich die Muschel ans Ohr, hört aber nichts.

Sie wirft sie ins Wasser. Plötzlich erinnert sie sich an die Kindheit, an die langen Stunden am Strand, als sie und Elide den Hunden aus dem Handgelenk Stöckchen warfen; sie hatten mit den Jungen Krebse gefangen, ein Stück Fleisch an die Schnur gebunden und als Gewicht einen kleinen Stein. Dann hatten sie gewartet. Wenn ein Krebs kam und nach dem Köder tastete, konnte man ihn einfach aus dem Wasser pflücken, und wer den größten fing, wurde mit einer Krone aus Stirnstacheln gekrönt.

Die Krone stach, aber man trug sie stolz bis nach Hause.

Jetzt hat sie nur ein Taschentuch auf dem Kopf, so glatt, dass es verrutscht.

Lise rückt es zurecht.

»Gut siehst du aus«, sagt Elide.

»Danke. Aber das nützt mir nichts.«

»Vielleicht solltest du ... Es wäre an der Zeit.«

»Elide, nein. Darüber haben wir schon mehr als einmal geredet.«

»Du bist gerade mal etwas über vierzig. Vergeude deine Jugend nicht!«

»Was man sich alles anhören muss. Wenn man alt wird.«

»Wenn du alt bist, was bin dann ich? Und ich fühle mich nicht so.«

»Du hast Kinder, die dich jung halten.«

»Das wüsste ich aber. Und außerdem hast du Jon!«

»Ja, aber Jon ist so ein ... kleiner Erwachsener. Manchmal habe ich das Gefühl, dass er klüger daherredet als ich.«

»Soll er doch. Aber tut er auch etwas?«

Lise spürt Wut aufsteigen. Warum kritisiert Elide ihre Entscheidungen, ihren Sohn? Sie selbst nörgelt ja auch nicht an Elides Kindern herum, die mit ihren endlos langen Gliedmaßen und schrillen Stimmen durchs Dorf rennen.

Jon macht Jon-Sachen, möchte sie sagen, wischt sich aber nur Sand von den Kleidern. Ein Teil gerät unter die Nägel, sieht dort nach Asche aus.

»Nun gut, Zeit, nach Hause zu gehen«, sagt Elide. »Die Kinder haben bestimmt schon Hunger.«

»Lassen wir die Kleinen nicht warten«, erwidert Lise und denkt an Brot, an eine Jungenhand, die Brot umklammert.

Die mit einem zu scharfen Messer die zu harte Kruste schneidet.

JON

Ich weiß noch, wie meine Mutter einmal, vor hundert oder tausend Jahren, im Garten am Apfelbaum lehnte und mein Vater am Fenster und sie sich anschauten.

Ihre Blicke bildeten einen Strahl, der den Garten durchstach.

Vater hatte sein Buch unterbrochen. Er ließ den Kaffee auf dem Tisch kalt werden und den Fisch in der Pfanne stinken, alles ließ er liegen wegen einer Frau, die am Apfelbaum lehnte.

Und als er das Fenster aufmachte, ging Mutter am Strahl entlang hin und kletterte hinein, als hätte sie das schon immer so gemacht.

Sie duftete nach Zucker. Duftete nach nackten Schultern.

Und ich war draußen und schaute auf das geschlossene Fenster, in dem sich Licht und Schatten spiegelten.

Sie bildeten senkrechte Spuren.

LISE

Als Lise und Elide vom Strandweg auf ebenen Boden kommen, richtet Lise den Blick auf den Berggipfel. Der Schnee leuchtet weiß wie immer.

Aber etwas hat sich verschoben: Den Gipfel umgibt ein Lichtring, für den man nicht leicht eine Erklärung findet. Es ist schwer zu sagen, was sich verschoben hat, aber Lise weiß, dass man es nicht mit einer Handbewegung rückgängig machen könnte.

Sie beschleunigt ihre Schritte.

»Wieso hast du es auf einmal so eilig?«, fragt Elide.

»Ich frage mich bloß, ob Jon zurechtkommt«, antwortet Lise, denn sie weiß, dass es sinnlos ist, Elide etwas über den Berg zu sagen.

»Natürlich kommt Jon zurecht. Der sitzt bestimmt im Garten und liest, was sonst? Er schlägt nach seinem Vater«, sagt Elide, lacht auf und merkt erst dann, dass sie etwas Falsches gesagt hat.

Aber diesmal macht es nichts, nicht jetzt, weil Lise an den Berg denkt und nicht an den leeren Platz am Esstisch, nicht an die toten Blumen, die sie im Garten vergrub, um die lebenden wachsen zu lassen.

Elide geht schneller, um mit Lise mitzuhalten. Bald werden sie die Drei-Steine-Gabelung erreichen, wo sich ihre Wege trennen, und dann wird Elide froh sein, dass sie nicht Lise ist, obwohl diese dickere Haare hat und eine schmalere Taille, wo ein Mann gut Halt fände.

Aber Lars ist fort.

Paul hat wenige Zähne und die Hände voller Blasen, aber er ist wenigstens hier: Er bringt Kartoffeln vom Kartoffelacker mit und Äpfel von Sandy Point, tötet den Ochsen, wenn es Zeit dafür ist. Er sitzt mit Elide und den Kindern beim Abendessen, auch wenn er oft schlechte Laune hat, und wenn er mal gute hat, hält es nie lange an.

Nachts schnarcht er, dass es die Nachbarn hören.

»Vielleicht hast du recht …«, sagt Lise. »Jon hat sich allein immer wohlgefühlt.«

»Im Gegensatz zu meinen kleinen Affen«, sagt Elide, und Lise zuckt zusammen.

Dann erreichen sie die Gabelung und hören die altbekannte Stimme.

Die alte Henderson ist die inoffizielle Hebamme der Insel, die auf der Höhe der Gabelung wohnt, in der dritten Querstraße des Dorfes, in der, die am dichtesten am Berg und am weitesten vom Meer entfernt liegt.

Als sie Lise und Elide näher kommen sieht, eilt sie aus dem Haus und lädt sie zum Kaffee ein.

»Was für ein schöner Zufall!«, ruft sie, als die Gäste sich beim Eintreten bücken.

»Stimmt«, sagt Lise, obwohl sie nach Hause möchte und genau weiß, dass der Zufall hier nicht beteiligt ist.

Die Alte schaut sie mit ihren tief liegenden Augen an und fragt: »Aber warum so ein besorgtes Gesicht?«

»Ich denke nur nach.«

»Immer so nachdenklich, die Lise …«, sagt die Alte, »grübelt für die ganze Insel über alles nach! Dabei ist an so einem kleinen Ort gar kein Platz für viele Sorgen …«

»Stimmt«, antwortet Lise, denkt aber, dass die Sorge kein Volumen und die Trauer keine Menge kennt.

Als die Alte Kaffee eingegossen hat, führt Elide ihre Tasse an die Lippen und kostet.

»Der ist aber gut! Deswegen dürfen die Kinder gern noch eine Weile hungern!«

»Er ist doch nicht etwa zu stark? Nimm dir Zucker«, sagt die Alte und reicht die Zuckerdose, die eine englische Landschaft ziert – *auch die ist von einem großen Schiff hierher geraten*, denkt Lise und spürt, wie ein träger Wind durch die Fensterrahmen sickert.

Vielleicht ist jetzt alles gut, und der Lichtring verblasst … Vielleicht sitzt Jon tatsächlich im Garten auf seinem ewig gleichen Stuhl, auf dem, der zu klein ist und weggeworfen gehört.

Es wird aber nichts weggeworfen, niemals.

»Ich dachte, ich zaubere heute mal einen Kuchen«, sagt die Alte, und Lise schreckt hoch.

»Mit Nüssen?«, fragt Elide, denn sie steht immer fest im Alltag.

»Ja, ein richtiger Festtagskuchen! Zum Hochzeitstag. Auch wenn der Kerl ihn unter der Erde feiert …«, lacht die Alte und lächelt ihr Lächeln, das Lise noch nie echt vorgekommen ist: Der Mund bleibt zu, die Augen versinken noch tiefer in ihren Höhlen.

Elide lacht mit.

Lise trinkt ihre Tasse leer, obwohl sie keinen Kaffee mag, nicht versteht, wie jemand den bitteren Geschmack genießen kann. Aber weil er kostbar ist und es sich gehört, ihn zu mögen, sagt sie nichts, sie tötet das Bittere mit Milch und Zucker ab. Sie erträgt die Worte der Alten, *der Kerl unter der Erde*, sie erträgt die Blicke der Alten, die Bescheid wissen, die Alte ist alt und hat vieles gesehen.

»Danke«, sagt Lise und schiebt den Stuhl zurück. »Damit hält man es wieder einen Tag länger aus.«

»Wenn der Schöpfer es will«, erwidert die Alte, »und die Sterne am Himmel bleiben, wo sie sind.«

Sie steht auf, reibt sich die runzligen Hände und nimmt die Tassen vom Tisch, wie man Kindern Spielsachen abnimmt.

ZWEI

England, Oktober 1961

LARS

Yvonne schläft, den Kopf auf dem Kissen mit dem Kuhmuster, und das ist der schönste Anblick der Welt. Der Welt, in der ich jetzt lebe: in der Kaufhäuser aufragen, die voller Bettwäsche mit Tiermustern, blinkender Kochtöpfe und Dosen aus Blech sind, in denen man alles mögliche Kleine und Vergängliche versteckt.

Hier gibt es Häuser mit unversehrtem Dach.

Die Häuser haben Fenster nach allen Seiten und Zimmer für jeden Zweck: Wohnzimmer zum Wohnen, Schlafzimmer zum Schlafen und Ankleidezimmer mit komplizierten Tischen zum Ankleiden. Die Tische haben feinfaserige Gravierungen und einen Spiegel, vor dem sich die Frauen ihre papierdünnen Schläfen pudern und den Schmuck anlegen, den sie mit Blumen verzierten Schachteln entnommen haben.

Die Perlen liegen erstarrt an den schmalen Hälsen.

Ich komme von einer Insel, auf der der Sand schwarz ist. Hier ist der Sand hell und kalt, er fühlt sich grob in der Hand an. Die Menschen hier sind laut und schwer, die Vögel klein wie Kinderfäuste. Sie bauen zerbrechliche Nester und schützen ihre Knochen vor der Sonne, vor dem Wind, den man kaum Wind nennen kann. Hier kommt das Wasser aus Rohren, das kalte vom warmen getrennt, das Fleisch stammt vom Fleischer, der es in dickes Papier schlägt. Die Milch landet in einer Flasche geräuschvoll vor der Tür, und niemand trocknet eine Ochsenhaut in der Sonne, damit die Familie für den Winter Schuhe hat – die Familie hat schon Schuhe, viele Paar mit dicken Sohlen. Und wenn der Winter kommt, bespritzt uns der Himmel mit Formen von Regen, von denen meine vom Wasser lebende Insel nicht einmal träumt.

Auf meiner Insel ist das Wasser Wasser und der Nebel Nebel, und auf den Tischen sieht man die Spuren vom Entschuppen der Fische.

Ich wollte Lise getrocknete Rosen mitbringen. So fing alles an, dass ich meiner Frau eine Freude machen wollte, damit sie mir meine Abwesenheit verzeiht, damit sie beim Blick auf die Blütenblätter denkt: Ein Stück von ihm ist hier. Ich wollte ein aufmerksamer Mann sein und ein guter, denn in mir steckte viel Schuldgefühl, das ich für Liebe hielt. Ich sagte, die Fahrten müssen gemacht werden, damit wir über die Runden kommen, damit wir bekommen, was wir haben. Wir hatten mehr als die anderen. Mehr Bücher, die der Junge im Essensgeruch in der Küche und draußen in der Sonne las; mehr Stoffe, aus denen Lise lange Kleider und saubere Blusen mit hohen Kragen nähte. Und Süßigkeiten hatten wir, klebrige Wunder, die der Junge in der Pause an alle Kinder verteilte und die sie dann im Schulhof lutschten, die Gesichter zum Lächeln geweitet vor Genuss. Es gab getrocknete Früchte, Tee mit Zitrusduft und dunkelbraune Flaschen, die ich mit Paul samstagabends leerte, wenn Lise und Elide in der Küche über Liebe und Rockstoffe redeten (so glaubten wir jedenfalls).

Dabei waren die Fahrten gar nicht so wichtig. Wir wären auch ohne sie klargekommen, wie die anderen auch, wären mit dem ausgekommen, was die Insel gibt, auch wenn sie nicht viel gibt und nicht, ohne dass es Arbeit macht. Und die vorbeifahrenden Schiffe hinterließen uns auch immer etwas, wenn welche vorbeifuhren und wenn die Launen der Winde, die Fahrpläne der Handelsrouten und die unsteten Gemüter der Kapitäne es ihnen erlaubten, in unseren Gewässern haltzumachen.

Von den Schiffen bekamen wir im Tausch, was sie gerade beförderten: Mehl und Konserven, Nägel oder Seife. Manchmal bekamen wir Briefe, die in großen Säcken aus festem Stoff ans Ufer gebracht wurden (die Säcke wurden aufgehoben, aus ihnen wurden später Segel gemacht). Wir versammelten uns mit leuchtenden Augen um die Säcke und warteten, ob der Amtmann – der immer die Briefe verteilte – unseren Namen aufrief. Die Tinte war zerlaufen, die Kuverts waren feucht oder trocken und wellten sich. Aber es waren immer Schätze.

Von uns bekamen die Schiffe Trinkwasser, Handarbeiten und Schafe, manchmal auch eine halbe Kuh. Sie bekamen Hühner, Gänse und schüchterne, raue Händedrücke, und so kommt man auf Tristan über die Runden, schon immer.

Aber ringsum wogt die große Erde, und ich gehöre nicht zu den einheimischen Spezies. Das Teichhuhn bleibt, wo es ist, es träumt nicht von anderen Inseln mit andersfarbigen Vögeln und stilleren Wassern – aber der Mann träumt, hält mitten beim Brennholzsammeln am Strand inne. Wischt sich die Hand an der Hose ab und erblickt am Horizont hellere Farben, größere Fische, eine Frau mit weißeren Wangen als die, neben der er nachts schwimmt.

Der Mann schläft in der Tiefe. Dort verschließt er sich, nach und nach, sodass es niemand merkt.

Schließlich geht er ganz zu, und dann packt er seine nach Fisch riechenden Sachen. Er packt seine Haken und seine Netze, bindet die Taschen mit Schnüren und Gürteln zu, lädt sie auf den Karren und schiebt den Karren ans Ufer hinunter. Der Weg ist steil, der Himmel grau und die Frau böse.

Der Mann sagt: *Dienstreise, so wie immer.*

Er drückt die Frau an sich, lässt sie los und rudert zum Schiff.

Für die Zuschauer am Ufer sieht es aus, als hinge das am Horizont hängende Schiff am Dach des Himmels.

Lise und ich haben ein Kind, einen nachdenklichen und findigen Jungen. Als er das letzte Mal Geburtstag hatte – er wurde neun –, ging ich an den Strand, um eine Muschel zu suchen. Die mag er. Er ist ein Freund von Dingen und Insekten. Ich habe ein Foto von ihm, einen Gesichtsausdruck, auf dem ich mir all seine anderen Mienen vorstellen muss. Manchmal, wenn ich abends am Rand des Schlafes schwanke, höre ich seine Stimme, sie spricht von Äpfeln und Raupen, von Schmetterlingen, die auf- und absteigen wie kleine mit Tusche bemalte Kreisel.

Ich möchte die Hand auf sein Haar legen und es verwuscheln, aber das ist unmöglich.

Es ist meine eigene Schuld.

Ich wollte Lise getrocknete Rosen mitbringen. Ich war einige Wochen an meinem Zielort gewesen, in einer großen Stadt jenseits des großen Meeres, und allmählich stand die Rückfahrt an. Eine Nacht hatte ich noch vor mir, die letzte Nacht in meinem Stammhotel, in dem ich mich wohlfühlte, weil es nicht so vornehm war. Ich saß im Taxi auf dem Weg zum Hotel, als mir die Rosen einfielen. Ich wusste, dass zwei Häuserblocks weiter eine verblasste grüne Markise hervorragte, auf der stand: *Harry's Flowers*.

Als ich die Ladentür öffnete, klingelte die Glocke, um einen Kunden anzukündigen. Ich stellte mich in die Schlange und guckte nach den Rosen: weiße, gelbe, rote in allen Schattierungen.

Und dahinter, versteckt, blaue.

Solche hatte ich noch nie gesehen.

Bislang war nur eine einzige Sorte Rosen nach Tristan mitgebracht worden, deren blasses Rot Lise zum Grinsen veranlasst hatte, als die empfindlichen Blütenblätter endlich bereit gewesen waren, sich zu zeigen. Zwei Tage später waren sie bereits verwelkt gewesen.

Die Verkäuferin redete zu viel: *Bei der Pflege von Orchideen heißt es genau sein ... unbedingt in handwarmes Wasser stellen ...*, solche Sachen sagte sie, und mich überkam eine Unruhe, wie ich sie zu Hause nie empfand, mit der mich die Stadt aber ansteckte.

Schließlich wandte die Verkäuferin mir ihr Gesicht zu.

Die hellgrünen Augen, deren Blick ein klein wenig schielte, suchten ihr Ziel. In den braunen Haaren lag ein Hauch von Rot, und sie waren zu einem achtlosen Dutt hochgesteckt, aus dem immer wieder Strähnen auf das von Sommersprossen übersäte Gesicht fielen.

»Wie kann ich helfen?«, fragte sie.

»Rosen«, antwortete ich, »ich hätte gern welche in verschiedenen Farben. Eine Auswahl. Sie dürfen entscheiden.«

»Wie viele?«

»Viele. Vielleicht zwölf.«

»Bei Rosen nimmt man üblicherweise eine ungerade Zahl.«

»Das macht nichts. Ich bringe sie weit weg, dort zählt sie niemand.« *Aber Lise zählt sie*, dachte ich, ich wusste, dass sie sie zählt und daraus Schlussfolgerungen über meine Liebe zieht.

Die junge Frau sah mich verwundert an, machte sich aber an die Auswahl. Sie runzelte die Stirn und trommelte mit den Nägeln, deren Lack abblätterte, auf den Tisch.

In den Strauß kamen viele Righttöne, aber die blauen fasste sie nicht an.

»Ich möchte blaue«, sagte ich. »Ein bisschen Meer.«

»Sind Sie Seemann?«

»Nein, aber ich wohne im Meer. Auf einer Insel, meine ich.«

Nun sah sie mich amüsiert an, und die Augen fanden mühelos ihr Ziel. *Also gut, wenn es sein muss, Männer haben eben keinen Geschmack*, schien der Blick zu sagen, und als der Strauß fertig war, wickelte sie ihn in Papier und gab mir Anweisungen, von denen ich kein Wort wahrnahm, denn ich konzentrierte mich auf ihre Hände. Wie klein sie waren. Wie schnell sie arbeiteten, ohne Angst vor den Dornen, so wie meine Hände mit den Fischen.

»15 Pence, bitte.« Ich fuhr zusammen und grub in meinen Taschen. Ich habe mich nie daran gewöhnt, wie sich Geld anfühlt, an den metallischen Geruch der Münzen, weshalb ich die Hand ausstreckte und die Verkäuferin die richtige Summe herauspicken ließ. Ihre Finger kitzelten.

Auf der Straße spürte ich ein neues Gewicht auf der Brust. Oder war es Leichtigkeit? Es war da und blieb auf dem ganzen Weg zum Hotel, es blieb, als ich das Foyer betrat und an den Schlüsselfächern der Rezeption vorbeiging, als ich die Treppe zum ersten Stock hinaufstieg und den Flur mit dem dunkelroten Teppich betrat, der mir plötzlich länger erschien als zuvor.

Ich drehte den Schlüssel im Schloss und trat über die Schwelle in mein Zimmer. Ich setzte mich auf das straff bezogene Bett, griff nach der Speisekarte auf dem Nachttisch und fing an zu lesen, denn ich brauchte etwas anderes: eine Störung. Ich musste an etwas anderes denken.

Ich nahm den Plastikhörer des Telefons ans Ohr, wählte die Nummer vom Zimmerservice und bestellte ein Gericht, bei dem ich mir vorstellte, dass es am ehesten an etwas erinnerte, was zu Hause gegessen wurde. *Zu Hause*, dachte ich, und plötzlich kam mir Tristan wie eine Fata Morgana oder eine Geisterinsel vor, die ich einmal durchs Schiffsfenster gesehen hatte und die beim Näherkommen nicht mehr da war.

Schon der Name war mir so fremd wie die sonderbaren Wörter auf der Speisekarte.

Am nächsten Morgen packte ich die Sachen, die ich nicht vorab aufs Schiff geschickt hatte, und schrieb mich im Hotel aus. Ich bat darum, mir ein Taxi zu rufen, aber als ich auf die Straße trat, wartete ich nicht auf den Wagen, sondern ging zu Fuß los.

»Hallo Seemann, noch mehr blaue Rosen?«, fragte die Verkäuferin, als sie mich sah.

Diesmal war niemand sonst im Laden, sodass ich ihre ganze Aufmerksamkeit bekam. Ich wusste nur nicht, was ich damit anfangen, wie ich meine Anwesenheit erklären sollte, wo ich sie doch selbst nicht verstand.

Dann war der Moment vorbei: Die Tür knarrte, die Glocke klingelte und eine Frau trat ein, eine von der Sorte, die weiß, dass alle auf ihren Willen hören. Sie wollte Lilien für ihre Tochter. *Sie wird schon fünfundzwanzig, ist aber noch so hübsch ... Das sind aber blasse Farben ... Was heute nicht alles verkauft wird ...* beklagte sich die Frau, aber die Verkäuferin war geduldig, regte sich nicht auf und malträtierte die Blumen nicht beim Einpacken, sondern lächelte nur ihr schiefes Lächeln, als hätte sie vor langer Zeit beschlossen, dass dieses Lächeln sie vor den Unfreundlichkeiten und Bitternissen dieser Welt beschützte.

»Die blassen sind für blasse Leute«, sagte sie, und ich dachte, das ist eine, die immer weiß, was sie sagen muss.

Geh jetzt, sagte ich mir, *geh jetzt und komm nicht wieder zurück.*

Ich blieb auf der Stelle stehen.

Die Kundin zahlte und ging zur Tür, und von dort aus schaute sie mich an, musterte mich. Plötzlich sah ich mich mit den Augen jener Frau: mein wirres Haar, die Fingerknöchel, die strapaziert und trocken waren. Ich sah das Dunkle meiner Haut, das sich von der hiesigen Blässe abhob wie eine einsame Gewitterwolke am Himmel.

»Manche Leute«, sagte die Verkäuferin zu mir, als die Frau gegangen war, und ich wandte mich ihr erleichtert zu.

»Ja, es ist nicht immer leicht.« Ich lächelte verschwörerisch, und sie lächelte zurück.

»Aber weiter. Wie kann ich helfen?«, fragte sie, legte die Handflächen entschlossen auf den Tresen und schaute mich an, als hoffte sie, die Antwort würde lange dauern.

Dennoch gehe ich noch einmal fort.

Ich sammle meine Beine und Hände ein, mein Herz, das verrückt geworden ist und eine sonderbare Sprache spricht. Sei still, sage ich zu ihm und trete aus dem Laden, lasse die Frau hinter dem Tresen zurück, die ich dort zurücklassen muss, um ihr Licht in der Dunkelheit ihrer Tage leuchten zu lassen.

Ich steige in ein Taxi, vom Taxi in einen Zug, auf dessen Sitzen andere Herzen sprechen, in anderen Sprachen, die sich mit dem Klappern mischen, mit den Rufen des Schaffners und dem Weinen eines Babys. Warum weint es? Weil es auf der Welt und klein ist.

Das Schluchzen wird stärker und schwächer und passt perfekt zur Landschaft, die grau vorübergleitet: Felder und Nieselregen, noch mehr Felder und ein einzelner in den Himmel ragender Baum.

Dann Gebäude.

Der Zug bremst ab, und der Schaffner ruft den Namen der Hafenstadt aus.

Ich stehe auf und nehme meine Sachen, entschuldige mich für die Umstände, die ich verursache, und für den Platz, den ich in Anspruch nehme, und spüre, wie die Schweißflecken unter den Armen wachsen. Erst an der Tür merke ich, dass der Zug noch lange nicht am Bahnhof ist: diese Rhythmen, immer noch fremd.

Ich bin immer zu schnell oder zu langsam.

Als ich aus dem Bahnhof herauskomme, suche ich wieder nach einem Taxi und helfe dem Fahrer, mein Gepäck in den Kofferraum zu laden. Er redet mich mit *Sir* an und wundert sich über meine Hilfsbereitschaft, aber auf Tristan ist niemand ein *Sir*, und alle helfen allen, jeden Tag.

»Zum Hafen, bitte«, antworte ich, denn ich habe keine Lust, ihm Tristan zu erklären: die Boote, die Schafe, den Berg. *Mein Gott, wie weit weg*, würde er sagen, *wie kommt ihr da nur zurecht?* Und ich mag nicht erklären, dass wir nicht immer besonders gut zurechtkommen, so wie ihr hier auch nicht, aber wir bleiben am Leben, so wie ihr hier auch.

Schweigend fahren wir zum Hafentor.

Auf dem Schiffsdeck erwartet mich der Kapitän, den ich kenne. Wir geben uns die Hand. »Zeit für die Heimkehr?«, fragt er, und ich nicke, *ja, ja, ich fahre nach Hause, weil ich nicht anders kann.*

In meiner Kabine lege ich mich auf das harte Bett. Ich schließe die Augen und sehe die Insel: Überraschend erhebt sie sich aus dem Meer, so unglaublich wie eine Oase in der Wüste, aber vertraut.

Sie ist Heimat, sie ist der einsamste Ort auf der Welt, und ich bin dort nie allein.

Zuerst muss man nur die Fahrt überstehen, das Meer, das sich vor uns auftut wie eine ungeheure Wanne, gegen deren

Ränder es schwappt. Wir müssen es überwinden, die halbe Erdkugel von Nord nach Süd durchqueren, durch die Windstille der Rossbreiten, die einst die Segelschiffe verrückt machten, durch die Zone der Westwinde, in der die Wasser sich so unruhig hin und her wenden wie eine Schar Kinder, die dauernd ihre Meinung ändern. Es müssen Tage, Wochen ertragen werden, es muss Tatenlosigkeit ausgehalten und Leere gefüllt werden, indem man trockene Kekse isst, Bücher liest, die man schon mehrmals gelesen hat. Man muss heruntergefallene Dinge vom Fußboden aufheben, nur damit die Wellen sie erneut auf den Boden werfen können, und mich werfen sie ebenfalls hin, obwohl ich normalerweise auch die heftigsten Stürme ertrage; in der Regel habe ich einen Magen aus Eisen, aber auf dieser Fahrt bin ich ein miserabler Seemann und weiß nicht, wohin mit mir.

Ich sitze in meiner Kabine, und mir ist schlecht.

Ich liege wach und spüre den Seegang in meinen Knochen, die Wellen, die weit weg ans Ufer schlagen, die Insel, die fast rund ist, nicht ganz. Es ist nichts Vollkommenes, das ich will, sondern einen Wind, der durch Fenster und Türen sickert, und wenn ich es lange und fest genug will, löst sich die fremde Stimme in mir auf.

Eines Morgens wache ich auf und spüre, dass sich die Luft verändert hat. Schon in der Kabine ist sie anders, und als ich an Deck komme, sehe ich Vögel am Himmel: Sturmvögel, Sturmtaucher, Möwen, deren Rufen wie Reden ist. Ich beschirme die Augen mit der Hand, und bald sehe ich den Berg, der in seinem Nebelumhang daliegt wie ein ermüdeter Fürst.

Gestärkte Wäsche, Zimmerservice. All das liegt hinter mir.

Aber noch muss ich warten.

Noch wirft das Schiff den Anker am Rand des Algengürtels,

am Rand meiner Heimat, an der Grenze, die das Schiff nicht überschreiten kann. Ich muss warten, muss hoffen, dass sich der Wind legt oder dreht und dass die Schaumkronen, die mich von meiner Familie trennen wollen, ihre Meinung ändern.

Es vergeht eine Stunde, es vergehen drei Stunden und mehr. Schließlich beginnt am Ufer das vertraute Gewimmel. Die Mannschaft steigt ins Boot und fährt los. Sie setzen die Segel, obwohl dann die Gefahr zu großer Geschwindigkeit besteht, die Gefahr, aufs offene Meer hinausgeschleudert zu werden, aber sie holen die Segel rechtzeitig ein, bewegen die Riemen, wie nur sie es können, rufen mir Grüße zu, wie nur sie es tun, und ich antworte ihnen, als sie das Schiff erreichen.

Paul steigt als Erster an Deck. Ihm folgen sechs Männer, und ich nehme wahr, wie sie nach Fisch stinken, nach Schafwolle und Erde, und ich weiß, dass ich bald genauso stinken werde, dass ich bald wieder zu dieser Herde gehöre, die gemeinsam lebt und jagt und liebt.

Als die Geschäfte gemacht sind, verabschieden wir uns vom Kapitän und steigen die Strickleiter in den holzharten Schoß des Bootes hinunter.

Die anderen erwarten uns am Ufer. Schon von Weitem sehe ich, wie sie sich im Halbkreis aufgestellt haben, wie ein offizielles Komitee: So stellen sie sich immer auf, denn so ist es für sie leichter, wenn sie Teil einer Formation sind, ununterscheidbar. Aber ich unterscheide mich, sie schauen mich neugierig, doch auch ein bisschen schüchtern an, denn etwas an mir hat sich verändert, etwas von der übrigen Welt ist an mir haften geblieben, eine harte Schicht.

Als ich die Ufersteine betrete, lösen sich Lise und Jon aus der Formation und laufen mir entgegen. Sie haben die ganze Zeit gewartet und sind gerannt, haben aus dem Fenster geblickt und nach Schiffen Ausschau gehalten, auf der Grasebene gesessen und heimlich aufs Meer geschielt.

»Wann kommt Papa?«, hat der Junge gefragt.

»Wenn es Zeit dafür ist«, hat Lise geantwortet, Lise, die von meiner neuen Sprache nichts weiß.

Und habe ich sie denn nicht bereits hinter mir gelassen?

Wir packen die Sachen aus, laden sie auf den Karren und schieben den Karren zum Dorf hinauf – das heißt, die anderen schieben ihn, sie lassen mich nicht helfen, denn sie glauben, dass ich müde von der Reise bin. Und müde bin ich auch, aber nicht von der Reise, sondern davon, dass ich nun wieder fähig sein muss, der Mensch zu sein, der ich war.

Als ich die Tür meines Hauses öffne, kommen die anderen mit hinein. Sie füllen das Wohnzimmer mit ihren Gerüchen und ihrer Neugier, sie schäumen über vor Fragen, auf die allein ich die Antworten habe. Sie vergessen meine Müdigkeit und verstehen nicht, wie schwer es ist, von der Außenwelt zu erzählen, die anders ist, so ganz und gar anders, man müsste von Anfang an erzählen.

Aber gut: In Mexiko gab es ein Erdbeben, in England ein großes Eisenbahnunglück. Die Sowjetunion hat einen Satelliten ins Weltall geschickt, ein riesiges Vehikel aus Metall. *Wie gefährlich ist es doch in der Außenwelt*, denken sie und schauen mich an wie einen Forschungsreisenden, den die Aura der Furchtlosigkeit umgibt.

Obgleich ich sehr wohl weiß, wie ich in dem Laden stand und kein Wort herausbrachte, wie ich in meiner Kabine lag und versuchte, mich zu übergeben, aber nichts im Magen hatte.

Die Leere zog einen Kreis.

Die Rosen hingen zum Trocknen da wie Fleischstücke.

Als die Besucher gehen, suche ich in den Sachen nach den

Blumen und gebe sie Lise. Sie freut sich und fällt mir um den Hals. Ich lasse zu früh los, spüre, wie sie es hasst, aber denkt, *nicht schlimm, Lars ist müde von der Reise.* Sie kehrt mir den Rücken zu und fängt an, die Blumen am Küchenfenster zu drapieren, den Blütenblättern einen Platz in dieser, Lises, Welt zu geben, die klein ist und bleibt.

Aber etwas fehlt.

»Muscheln!«, ruft Lise aus, und Jon schaut seine Mutter an und versteht.

Er hat eine Aufgabe: suchen, was die Mutter will.

Als ich mit Lise allein bin, verbindet uns nichts mehr. Ich streiche über Haare, die dunkelbraun sind, abends schwarz, und sie legt mir die Finger in den Nacken wie kalte Haken.

»Warum warst du so lange fort?«, fragt sie.

»Ich war nicht fort, mein Herz war die ganze Zeit hier.«

»Aber du warst nicht hier.«

Das stimmt.

Und ich werde nie mehr hier sein, auch wenn meine Sachen wie gewohnt ihren Platz finden und die Arme die Umarmung. Ich hole Netze ein, fange Krebse und hacke Holz, pfeife leichte Lieder mit meinem leichtfertigen Mund, wie ein Mann, der seinen Platz gefunden hat.

Aber jedes Mal, wenn ich die trockenen Blumen auf der Fensterbank sehe, kehrt die fremde Sprache zurück. Szenen aus einem Leben irgendwo anders mit einer anderen machen sich in mir breit, lassen sich in meinem Bauch nieder wie ein fremdes Organ, das der Organismus zuerst abstößt, das sich aber eines Tages in ein eigenes verwandelt.

Und die ganze Zeit, immer deutlicher, erinnere ich mich an die Frau.

Ich erinnere mich daran, wie der Mund keine Worte fand, aber die Hand es verstand, die Andere anzufassen.

Die Andere lächelte.

»Segeln Seemänner nicht immer davon?«, sagte die Andere, ihre Haut war weich wie Erde.

DREI

Tristan da Cunha, 1956–1960

MARTHA

Es gab Morgen, an denen Martha in einem Sonnenschein erwachte, der vom Salz gefiltertes Licht war, ein knisterndes Sprechen der Photonen: Feuer, das Funken sprühte und erlosch. Hitze, die die Blümchen des Vorhangstoffs durchdrang und nach der von ihrer Großmutter gehäkelten Tischdecke langte, ihre gelblichen Finger nach dem gesprungenen Glas der Standuhr ausstreckte. Und schließlich, nachdem sie über alle Gegenstände in dem kleinen Schlafzimmer in dem kleinen Haus gewandert war, griff sie nach dem Schlüsselbein, das von der Bettdecke entblößt wurde, allein und immer noch im Schlaf.

Was für ein Glück, im streichelnden Sprechen der Sonne zu erwachen! Und diejenige zu sein, zu der sie sprach.

An anderen Morgen erwachte Martha von schweren Regentropfen, sie klatschten ans Fenster wie kleine Vögel. Dann war alles auf der Welt grau. Irgendwo hörte man den gedämpften Schrei eines Albatros, als wäre der Vogel in einem Käfig gefangen und würde gleich ersticken. Er würde keine Seeleute mehr geleiten, mit keiner ertrunkenen, nassen Seele auf dem Rücken über das Meer gleiten.

Martha versuchte den Gedanken abzuschütteln, sie wollte sich an den Traum erinnern, in dem sie in den Himmel aufgestiegen war wie eine zur Sonne geschossene Kugel.

Das Wasser klopfte ans Fenster.

1956

Martha ist achtzehn, der Durchmesser ihrer Welt beträgt zwölf Kilometer, und sie kennt sie. Alle Familien, alle Tiere und jedes Haus im Dorf, an dem jedes Fenster in die gleiche Richtung zeigt: nach Norden. Von dort kommen die Wärme und das Licht und die großen Schiffe, die von ihren Routen abirren. Und bald wird sie ein eigenes Haus haben, einen Mann, der das Haus baut – warum nicht, sie hat einen neuen Rockstoff und heudicke Haare, die sie abends in langen Strichen bürstet. Sie näht einen grünen Rock, zieht ihn an und weiß, dass sie schön ist. Nicht weil sie lange Beine hätte, nicht weil sie weiße Haut hätte, sondern weil sie ihren Namen laut ausspricht, sie weiß, dass es ihr Name ist. Wenn sie lächelt, ist es ihr Lächeln, und wenn aus ihren Augen Tränen rinnen, kennt sie den Grund und das Gewicht.

Sie läuft den Pfad hinauf.

Sie hebt den Rock, damit sie nicht über den Saum stolpert, und das passiert nicht: Sie hat den Pfad getrampelt, tausend Mal über jede Senke und jeden Stein.

Sie steigt zum Spähposten hinauf und wartet auf Schiffe.

Sie wartet auf Bewegung am Horizont, auf das Schaukeln, das im Herzen kribbelt. Sie wartet auf einen schwarzen Punkt in der Ferne, sie hat die Augen ihrer Ahnen: Sie machen ein Schiff in vielen Kilometern Entfernung aus, wo ein Fremder bloß den Dunst über dem Horizont sähe. Sie dürstet nach der

Neuigkeit, die im Nu durchs Dorf läuft, nach dem Gong, der dröhnt und die Einwohner ihre Betätigungen vergessen lässt, das Essen auf dem Feuer und die Harke auf dem Feld. Die Männer greifen nach ihren Handelstaschen und nehmen Gänse und Hühner vom Hof mit, manche haben ein Schaf von der Schafsebene dabei. Die Jungen klettern zum Spähen auf die Dächer, und in den Häusern fügen die Frauen ihren Briefen die letzten Worte hinzu: *PS. Ich muss aufhören, denn es kommt ein Schiff bei uns an.* Die Hunde bellen und rennen zwischen den Füßen umher, denn jetzt, genau jetzt passiert etwas!

Gemeinsam eilen sie ans Ufer, die ganze gemischte Schar.

Die Boote werden beladen und ins Wasser geschoben. Die Frauen schauen zu, und die Männer rudern, und sie tun es mit energischen Bewegungen, denn sie brauchen Reis und Zucker, auch Draht für das herabhängende Dach der Kirche müssen sie haben.

Das Schiff muss eingeholt werden. Aber wird es warten? Gibt es Reis an Bord, Seeleute mit einer Kerbe in der Lippe für die Zigarette, in der Tasche ein Stück Seife und Gold? Darauf wartet Martha, dass Männer vom Schiff kämen, um Geschichten aus einer anderen Welt zu erzählen, über die *Außenwelt*, in der man die Stoffe in Geschäften aussucht und Vögel zum Wohnen in Käfige setzt.

Aber es kommt niemand. Das Schiff setzt seine Fahrt fort, ohne anzuhalten.

Es segelt dem südlichen Kap entgegen, an dem sich der kalte und der warme Ozean treffen und im Wasser ein Grab schaufeln. Dort versinkt ein Schiff nach dem anderen, dorthin zieht die Strömung Lasten und Männer und Rumflaschen mit einem letzten Tropfen am Boden.

Martha sieht die enttäuschten Gesichter, als die Männer ans

Ufer zurückkehren. Sie laden ihre Sachen aus, schnappen sich die Gänse und Schafe, die am Strick zappeln, ohne zu ahnen, was ihnen gerade erspart geblieben ist. Sie verfluchen ihr Pech, aber gedämpft, denn sie vertrauen darauf, dass alles so geht, wie es bestimmt ist: Alles regelt sich mit der Zeit, auch wenn *das verdammte Dach beim nächsten Sturm herunterfällt …*

Martha drückt ihre Hoffnung zu einer kleinen Kugel zusammen und versteckt sie im Bauch. Soll sie dort rollen, bis der Gong wieder ertönt, das Herz erneut bis in den Hals hüpft und der schwarze Sack in ihrem Inneren sich mit Licht füllt.

Das wird vielleicht nächste Woche passieren, vielleicht nächstes Jahr oder dann, wenn drei Sommer vergangen sind. *Go-gongg* beginnen die Jahre, und Martha steht hier.

Sie geht nach Hause, in das Haus neben der Konservenfabrik.

Ihre Mutter sitzt am Fenster, die Milch in der Kammer wird sauer, und die Kerzen auf den Flaschenhälsen brennen ab.

Wenn im Clubhaus Tanz ist, sitzt Martha an der Wand und untersucht ihre Handflächen. Die anderen wissen, wie man sich beim Tanz benimmt. Die Musik versetzt sie in Bewegung. Sie bewegen ihre Beine. Aber bei Martha geht die Musik nach innen, sie schiebt sich durch die Adern wie ein Tintenfisch durchs Wasser, es kribbelt und tut weh. Die Musik, das sind gierige Tentakel, ein zwingender Rhythmus, der von innen gegen die Haut schlägt und durch sie hindurch will.

Aber Marthas Haut ist ein Schild, und nichts dringt hindurch.

Nicht mehr, denkt sie und untersucht ihre rot geriebenen Handflächen.

Plötzlich spannt das Kleid: Sie sitzt nicht mehr allein da. Jemand ist neben ihr, und das ist kein Kapitän oder ein Prinz von einer fernen Insel, sondern ein Mann, den Martha kennt – eigentlich kennt sie ihn überhaupt nicht, obwohl sie im selben Dorf aufgewachsen sind. Die gleichen Tropfen sind ihnen ins Gesicht geprasselt, aber sie haben geschwiegen.

Die Blütenblätter auf dem Schwarz ihres Kleides dehnen sich, als Martha den Saum unter dem Mann herauszieht. Sie schaut ihm in die Augen, von den Irisrändern rinnt Farbe, als wäre dem Mann kein Sehen genug. Martha ergreift seine Hand. Sie fragt nicht um Erlaubnis, sie hat selbst nicht gewusst, dass sie vorgehabt hat, es zu tun, und sie weiß nicht, wie dieser Mut in sie gekommen ist. Die Hand wirkt gewöhnlich, trockene Knöchel, dunkle Härchen auf dem Handrücken, aber als Martha die Handfläche nach oben kehrt, sieht sie darin die runde Insel und die ins Meer stürzenden Schluchten. Sie sieht den Vulkan und den auf dessen Gipfel schwimmenden herzförmigen See, den Kratersee, der nie zufriert.

»Willst du tanzen?«, fragt der Mann.

Im vergehenden Licht des Abends hat er harzgelbe Augen.

Der Abend, an dem sie tanzen, und alle Abende danach.

Es ist September, sie sind bei Bert zu Hause, endlich einmal sind sie allein, denn Berts Eltern machen einen Besuch, und seine Geschwister sind woanders, es interessiert sie nicht. Sie sitzen in der Küche, der Tee in den unberührten Tassen auf dem Tisch wird kalt.

Bert sagt: »Wenn du willst, bringe ich dir sogar einen Schwan.«

»Was ist ein Schwan?«, fragt Martha.

»Ein Vogel, so groß wie ein Albatros, aber schöner«, antwortet Bert, aber Martha will keinen Schwan, sie will eine Seeschwalbe und dann auch das nicht. Sie will zum Spaß einen Regenwurm, und Bert geht, um ihr einen auszugraben. Sie sehen zu, wie er sich auf dem Küchentisch ringelt.

Als sie genug davon haben, wirft Bert den Wurm aus dem Fenster, Martha wischt mit dem Ärmel über den Tisch und setzt sich auf Berts Schoß.

Sie sitzen da und lieben sich.

Und die anderen Abende in Marthas Zimmer, dem ganz kleinen: in dem Zimmer, das Martha hasst, in dem sie nicht gern allein ist, aber mit Bert schon, Bert macht ihr Zimmer enger, aber dennoch besser, als wäre sogar die Aussicht aus dem Fenster plötzlich nichts als Glut und Luft. Und bald wird Bert ihr ein neues Zimmer bauen, in dem neue Erinnerungen entstehen.

Aber noch sind sie hier, in dem Haus neben der Konservenfabrik, und dort muss man vorsichtig sein: Man muss still sein, denn auf der anderen Seite der Wand sitzt die Mutter, die auf dem Sofa aus Holz nach der richtigen Haltung sucht, Tag für Tag sucht sie danach und findet sie nicht. Sie trinkt Tee und verbrennt sich die Zunge, strickt Strümpfe, aber bekommt sie nicht fertig, sodass die Nadeln als Hintergrundgeräusch des Lebens auch dann noch klappern, als Martha wirklich erwachsen und fort ist.

Und Marthas Bruder, wo ist er, und was hört er?

Da kann man sich nie sicher sein.

Sei vorsichtig, flüstert Martha, und Bert hört es, bewegt seine Hand aber heftiger, zu heftig, denkt Martha, obwohl sie nichts denken will. Und dann sind auch keine Gedanken mehr da. Da ist nur eine dunkle Schlucht, dann sind da Sterne, die aufgehen und erlöschen, als würde jemand mit einem großen Schalter die Lichter blinken lassen – und dann immer der Moment, wenn der Schmerz ganz glatt ist.

Martha öffnet die Augen und schaut den Mann an.

Fragt: »Stellst du dir manchmal vor, dass du im Wasser bist? Ganz am Grund? Aber nicht ertrinkst.«

»Ich bin kein Fisch.«

»Und wenn ich einer bin?«

»Dann würde ich dich trotzdem lieben.«

»Mit Schuppen und allem?«

»Und mit Kiemen.«

»Das wäre eine komische Liebe.«

»Die Liebe ist komisch.«

»So wie ein Schwank.«

»Ein Schwan.«

»Genau.«

Und all die Tage, an denen Martha mit den Schafen über die Hänge zieht und vor sich hin summt.

Es wird Oktober, der Frühling flimmert, das Tussock-Gras flattert im Wind wie die Haare eines Riesen. Martha kneift die Augen zusammen und sieht vor sich die Zukunft als Augenblicke, die dicht nebeneinander leuchten wie Perlen – sie wird sie von Bert bekommen, sie wird von ihm alles bekommen, und die bösen Träume werden tief in den Bauch des Vulkans rinnen. Dort werden sie verbrennen, sich an den Rändern ringeln wie alte Fotos, die niemand mehr anschauen will.

Und Martha wird den Kopf ihres Kindes streicheln, weich wie Schafwolle.

1957

Am Festtag ist es heiß, die Luft in der Kirche so stickig, dass Martha unter den Schichten ihres Hochzeitskleides schwindlig wird. Sie sieht sich selbst darin: als vor dem Altar zusammengesackte Wolke. Sie spürt Schweißperlen auf dem Rücken, an den einknickenden Knien und im Nacken, der energisch den Kopf trägt.

Sie bleibt aufrecht.

Sie ist stark, stärker und mutiger, als sie geahnt hat, und als man ihr die Frage stellt, antwortet sie mit *Ja* – denn das ist die richtige Antwort, und sie wankt und schwankt nicht, als der Ring über den Finger gleitet und der Schleier sich vom Gesicht hebt und sie Lippen küsst, die glatt und kalt sind wie ein frisch gefangener Fisch.

Als sich die Hochzeitsgesellschaft von der Kirche hinunter vor das neue Haus begibt, fällt das Offizielle von allen ab, und sie lächeln ihr schüchternes Lächeln. Sie loben die Kleider der Nachbarn, lockern die Kragen und bewundern die Braut, die so jung und so schön ist, wie sollte sie je von etwas Bösem berührt werden.

Sie stellen sich in die Schlange, um ihre Geschenke zu überreichen.

Zuerst Marthas Mutter: Sie schenkt einen Wandteppich mit der Darstellung von Schafen. Die Schafe haben verzerrte Haltungen, die Fäden lösen sich an ihren Seiten und am Bauch, aber was kann Martha schon tun, als sich zu bedanken und ihre Mutter zu umarmen, und was die Mutter anderes, als ihre Unzulänglichkeit zu sehen, wieder einmal.

Lise und Lars – die in der Nachbarschaft wohnen – bringen den Schössling eines Pfirsichbaums. Lars überreicht ihn und sagt: »Wenn der Baum groß ist, sind auch eure Kinder groß.« Es werden weitere solche Sachen gesagt, obwohl man sehr wohl weiß, wie schwer hier Pfirsiche wachsen.

Elide und Paul schenken ein Ochsengehörn, in das die Namen der Liebenden eingraviert sind. »Und ein Herz in der Mitte«, sagt Elide und stößt Paul an, der sich die Hände reibt, als würde er zwischen ihnen einen Zahn, der ihm aus dem Mund gefallen ist, zermahlen.

Marthas Bruder schenkt einen Welpen mit hellbraunen Augen und einem mondsichelförmigen Fleck auf dem Oberkopf.

Bert mag keine Hunde. *Die stinken.*

Nachdem die Geschenke überreicht sind, wird das Grammofon angestellt. Alle tanzen und singen, aber nicht fromm wie in der Kirche, sondern laut und falsch, wie Glückliche singen. Sie essen Kartoffeln in verschiedenen Varianten, Lammkeule, die über Nacht im Ofen gegart hat, dicke, fette Pasteten, von denen die Kinder verstohlen den Hunden, die um sie herumwieseln, Brocken hinfallen lassen.

Als die Dunkelheit anbricht, werden auf den Tischen große Kerzen entzündet. Aber sie werden spät entzündet, denn das Licht reicht lange, in der Luft und in den vor Leichtigkeit pochenden Brüsten.

Nachdem auch die letzten Gäste gegangen sind, ist es für die Sonne schon an der Zeit, aufzugeben. Die Besitzer des neuen Hauses sitzen draußen und sehen zu, wie sich der Himmel über ihr neues Leben wölbt und dem Glück Farbe verleiht.

Der Welpe schläft eingerollt zu ihren Füßen. Er hat ein flaumiges Fell und dicke Beine, die zucken; er ahnt nichts von den Aufgaben, die für ihn vorgesehen sind, und nichts von den Anblicken, denen seine kleinen Augen noch begegnen werden.

»Wie sollen wir den Hund nennen?«, fragt Martha.

»Köter?«

»Magst du ihn nicht?«

»Es ist ein Hund.«

»Alle hier haben einen Hund.«

»Was für einen Nutzen hat man davon?«

»Ich bringe ihm bei, Treibholz zu holen. Und in Sandy Point Äpfel zu sammeln.«

»Glaubst du, so ein tapsiger Kerl kann schwimmen lernen?«

»Alle Welpen sind tapsig. Sie sind einfach so.«

»Aha. Na, ein Geschenk kann man ja wohl nicht zurückgeben.«

»Eben. Und er wird Ethel heißen.«

»Also gut. Aber wenn wir ein Kind bekommen, ist es ein Junge, und ich gebe ihm seinen Namen.«

»Also gut. Aber nicht Gerard. Das kann ich nicht aussprechen.«

»Gerade hast du es doch getan«, sagt Bert. »Gehen wir schlafen?«

Martha nickt und steht auf, und beim Aufstehen fragt sie sich, was sie alles können müsste, was sie alles weiß, jetzt, da sie in ihrem eigenen Haus wohnt und eine Erwachsene in ihrem eigenen Leben ist. Steckt in ihr genug Inhalt? Ausreichend Stoff?

Aneinandergelehnt gehen sie hinein.

Der Welpe folgt ihnen ins Schlafzimmer und lässt sich in die Ecke kippen, um seinen Schlaf fortzusetzen. Er sieht nicht, wie stolz Martha die Laken richtet, die mit Spitzen besetzten und neuen, oder wie Martha ihre weißen Schichten ablegt und sich auf dem Bett niederlässt wie ein entblätterter Engel.

Sie breitet ihre Flügel über Bert.

Da liegen sie, die einzigen Menschen auf der Welt.

Seit dem Fest sind neun Monate vergangen, aber der dritte Bewohner kommt nicht. Marthas Bauch kriegt keine Wölbung, das Kinderzimmer keine gelben Wände: Es kommt ein Sturm, ein Wind, der an den Bäumen reißt und Kühe von den Steilhängen schüttelt. Das Dach knirscht, Asseln und Erde fallen herab, aber sie wissen, dass sich der Sturm bald legen wird, oder wenn nicht bald, dann etwas später, und wenn sie ins Freie müssen, tun sie es kriechend. Man kramt Töpfe, Eimer und Kannen hervor und lässt sie ihre Arbeit tun, denn die Dächer lecken, und es sickert durch die Wände, und der Bach, der gemächlich von den Bergen plätschert, wird zum Wasserfall und wütend und schreit mit aller Kraft Drohungen heraus, er werde die Kinder und die blökenden Schafe an den Hängen ertränken.

Martha steht am Fenster und schaut zu. Die Natur schreibt ein Drama, in dem das Wasser alle Rollen spielt. Das Wasser rinnt, das Wasser tropft. Das Wasser stürzt. Das Wasser schäumt. Es prasselt in die Bratpfanne, die in einer Ecke des Wohnzimmers gelassen die Geschenke annimmt, die ihr der Himmel gewährt: dieselbe Pfanne, in der Martha morgens Möweneier brät, während sie das amerikanische Lied summt, das das Grammofon immer zu langsam spielt. Aber das weiß Martha nicht.

Sie weiß, dass man den Dotter kaputt machen muss, damit er nicht ganz und unerträglich schön bleibt.

Neben Martha tritt ein Mann, immer derselbe. Kein Kapitän, kein auf der Insel vergessener Prinz, nichts Fremdes, sondern etwas so Vertrautes, dass es über kurz oder lang wieder fremd wird.

Als betrachtete man zu lange sein eigenes Spiegelbild.

Martha ergreift die Hand des Mannes und dreht die Handfläche nach oben. Aber wo früher die Insel war, ist nur noch ein einzelner Berggipfel, der Asche spuckt und mit seinen Kohlenfingern nach dem Himmel greift. Martha kann keine Wege oder Schluchten mehr erkennen, und bald verschwindet auch der Berggipfel aus dem Blick und in der gegerbten Haut der Hand.

Der Mann wendet sich der Frau zu und fragt: »Warum bist du noch hier?«

»Weil ich den Berg sehen will.«

Nach dem Sturm steht Martha am Ufer und hört den Walen zu. Sie singen. Sie unterhalten sich übers Wetter. Sie wählen ihre Partner aus, und wenn die Wahl getroffen ist, gilt sie für das ganze Leben. Sie essen zusammen, schlafen zusammen, schwimmen zusammen ins Polarmeer und kehren zusammen in die heimischen Gewässer zurück, in dieselbe Bucht, an denselben Felsen, und kalben. Wenn das Weibchen zu dicht ans Ufer treibt und an den Steinen zerquetscht zu werden droht, folgt ihr das Männchen. Wenn das Männchen bei Sturm zu weit aufs offene Meer abtreibt, ruft und sucht das Weibchen so lange nach ihm, bis sie sich wieder gefunden haben. Und erneut singen sie zusammen und unterhalten sich übers Wetter, sie kalben wieder und geben ihrem Jungen den Namen Ummph. Sie schwimmen in einer Reihe, und ihre Rücken ragen aus dem Meer wie weiche Hügel, die Martha besteigen möchte; sie will fort.

Es ist die Zeit nach dem Sturm.

Zeit, sich umzudrehen und nach Hause zurückzugehen, die Tür zu öffnen, hinter der Bert aufs Abendessen wartet, in dem Buch liest, mit dem er nie zu Ende kommt.

Martha begreift es nicht. Warum hört nichts auf und fängt nichts an?

Sondern gleitet nur dahin, wie Wasser von den Felsen.

Als Martha klein war, sagte ihre Mutter, sie lese jeden Tag

eine Seite in der Bibel. Aber ist selbst dieses Buch dick genug, dass ein Kind Zeit hat, erwachsen zu werden? Die Mutter bekam die Seiten nicht zu Ende, die Brote nicht zum Gehen und die Kinder nicht richtig in die Arme, und wenn in der Kirche gesungen wurde, vergaß die Mutter den Text. Martha hasste den Blick, der im Moment des Vergessens in die Augen ihrer Mutter trat.

Warum versuchte ihre Mutter es nicht?

Warum lernte sie nicht, bessere Bindung ins Brot zu bekommen?

Und hier sitzt jetzt Bert, genauso, auch wenn er etwas anderes liest, Brennholz hackt, wenn keines mehr da ist. Bert holt keine Äpfel in Sandy Point und keinen Guano von Nightingale, er rudert nie zu den Schiffen, um Tauschhandel zu treiben, obwohl er früher am Ufer immer einer der Ersten war.

Martha schämt sich.

Das Haus müsste abgedichtet werden.

An den Wänden hat sich eine grüne Schicht gebildet.

Martha macht Feuer im Herd, lässt Kartoffeln in den Topf fallen und zerteilt den Vogel in passende Stücke. Als die Kartoffeln gar sind, legt sie die nach Öl duftenden Fleischstücke in einen heißen Bräter, in dem der Vogel in seinem eigenen Talg schmort: auf zu großer Flamme, sodass die Haut verbrennt, das Innere aber roh bleibt.

Sie ruft Bert zum Essen. Bert kommt und setzt sich dorthin, wo er immer sitzt, und Martha sitzt ihm gegenüber. Das Geräusch des Bestecks ist der einzige Laut im ganzen Haus.

Plötzlich blickt Martha auf und sieht die an der Wand befestigte Zeichnung. Sie wendet sich ab – aber zu spät, die Zeichnung zeigt einen Schwan, sie will es vergessen, aber sie erinnert sich gerade daran, *was ein Schwan ist*, und an die anderen, sich ewig wiederholenden Äußerungen.

Bert ist ein miserabler Zeichner, der Vogel hat einen viel zu langen Hals.

Der Vogel hat einen Flügel, der schlaff über die Wasseroberfläche schleift, als wäre der Schwan zwischen Wasser und Himmel hängen geblieben, ohne Schwimmhäute in einer halben Welt.

1958

Zu Hause zieht Martha den Hund groß, denn etwas anderes hat sie nicht großzuziehen. Sie glaubt, dass es ihre Schuld ist, aber warum glaubt sie das?

Sie tätschelt sich den Bauch, Tag für Tag ist es bloß ein Bauch.

Sie pflanzt Gemüse, aber das Wetter ist schlecht, die Tomaten werden wässrig und geschmacklos wie Gras. Sie wäscht die Laken und hängt sie auf die Leine, sie trocknen langsam, sie spült und kehrt und kocht, denn essen müssen ja wohl auch diejenigen, deren Liebeshaus morsch wird. Sie brät Fisch, obwohl der Dampf in den Augen brennt, sie kocht Kartoffeln für drei, obwohl sie zu zweit sind, und denkt sich, dass sie es tut, weil sie es sich zu Hause angewöhnt hat, in ihrem vorigen Zuhause, wo immer ein Mensch zu viel oder zu wenig da war.

Morgens, wenn sie geht, fällt das Haus hinter ihr zusammen. Sie schließt die Ohren und geht ins Ziegental hinauf, zur Schule, wo sie übt, Lehrerin zu werden.

Auch dafür hat sie Zeit. Sie hat nichts zur Welt gebracht.

»Wir haben doch Zeit«, sagt sie zu Bert eines Abends, als sich die Kartoffelschalen wie eine Schicht im Bauch anfühlen – und sie hat recht, aber dennoch kommt es ihnen beiden so vor, als wäre die Zeit abgelaufen und der Winter gekommen.

Warum ist ihnen das so schnell passiert, warum ist alles, was am Anfang gefunkelt hat, bereits verblasst?

»Ja, das haben wir«, erwidert Bert und umklammert das Glas in seiner Hand so fest, dass es zu zerspringen droht, aber es nimmt nur die Spannung in sich auf, wie Wolken, die sich für einen Sturm rüsten.

Eines Tages sieht Martha durchs Fenster, wie der Nachbar den Hof verlässt, seine Sachen auf den Karren lädt und das Ufer ansteuert.

Die Zeit vergeht, der Mann kehrt nicht zurück und schickt auch keinen Brief, kein einziges erklärendes Wort.

Manchmal wünscht sich Martha, dass auch Bert fortginge, aber Bert kennt nur Tristan und will von nichts anderem etwas wissen. Bert will morgens in derselben Haltung aufwachen und seinen Tee aus derselben Tasse trinken, die am Rand dieselbe Kerbe hat. Bert will im selben Bett einschlafen, auch wenn es hart ist und immer auf die gleiche Weise knarrt; er will neben derselben Frau einschlafen, auch wenn die Frau ihm den Rücken zukehrt. Bert kennt die Anzahl, die Form und die Reihenfolge der Rückenwirbel der Frau auswendig.

Der Nachbar ist anders. Martha sieht ihn in dichten Wäldern und an einem Flussufer in einer grauen Stadt, denn von solchen Orten hat sie Bilder gesehen – aber Martha weiß ja nicht, wohin der Mann gegangen ist, ob er sich überhaupt auf dieser Welt befindet oder in der nächsten, von der aus man zurückblicken und über alles grinsen kann, was hier wichtig war.

So krank, dass er fliehen musste.

1960

Martha steht vor der Klasse und betrachtet die Karte.

Die Schüler sitzen hinter ihr und lösen Rechenaufgaben in ihren Heften. Sie sieht bereits die Zahlen vor sich, die Aufgaben, die sie korrigieren wird, aber wie soll sie die Fehler in ihrem Inneren verbessern?

Die Klarheit der Zahlen beruhigt. Und wie die Schüler sie anschauen, in dem Glauben, dass sie die Fäden der Weltordnung in den Händen hält, ausgerechnet sie. Bald wird sie sich ein Kind aussuchen, über das sie sich beugen wird, sie wird den Duft des Kindes riechen, das Zuhause dieses Kindes.

Aber für einen Moment noch schaut sie auf die Karte, misst die Entfernungen, obwohl sie weiß, dass man sie nicht begreifen kann.

»Frau Lehrerin?«, hört sie hinter ihrem Rücken und kehrt zu den Dingen in Kindergröße zurück, in den Raum, der von den Wänden des Klassenzimmers umgrenzt wird.

Als sie sich umdreht, sieht Clara sie mit leuchtenden Augen an.

»Ist das richtig?«, fragt das Mädchen, und Martha geht zu ihm. »Nicht ganz, aber zähl die mal«, sagt sie und malt Bälle neben die schiefen Zahlen. Wieder wirft sie einen Blick auf die Karte – nur schnell, sie kann nicht widerstehen, kann die Erhebung des Berges nicht begreifen oder das Meer, das sich zwischen den Kontinenten ausdehnt und in sich alle Meereswesen und -farben verbirgt.

»Zwölf!«, ruft Clara plötzlich, und in einem stummen Schwall stürzt Wasser auf den Fußboden.

Martha lobt das Mädchen, streicht ihm über das im Zopf gefangene Haar.

Bis zum Ende des Schultags denkt Martha nicht daran, dass Dienstag ist – der Tag, an dem sie nach der Arbeit zu ihrer Mutter geht.

Sie unterrichtet einfach, im Schutz der Buchstaben und Zahlen und des Kinderatems.

Aber irgendwann endet der Tag, und die Kinder schlagen ihre zerknitterten Hefte zu. Clara geht nach Hause, übt sich in Handarbeiten und beherrscht sie bald: Bald wird sie sie in ihrem künftigen Zuhause im Sessel machen, während ihr Mann tut, was Männer tun, und so werden sie weitermachen, Clara wird einen Jungen zur Welt bringen, dann ein Mädchen, das Haus wird sich mit Stimmen und kleinen schmutzigen Kleidungsstücken füllen, dann mit größeren, bald wird Clara alt sein, ihr Mann wird alt sein, und sie werden Tag für Tag die gleichen Bewegungen und Gedanken wiederholen.

Clara blinzelt, hält ihr rundes Gesicht in die Sonne.

Auch die anderen Kinder tun es, rennen über den Hof und schubsen sich gegenseitig, binden sich so aneinander.

Nur einer schubst nicht, einer fügt sich nicht in die Spiele: ein Junge, der wie ein kleiner Erwachsener ist. Martha hat gesehen, wie er den anderen Süßigkeiten anbietet, und die anderen nehmen sie und begeben sich unter den Baum, um sie zu essen. Dort lachen sie, und der Junge steht mitten im Hof, mit der leeren Tüte in der Hand, und senkt das Gesicht, das eine rechteckige Form hat. Martha weiß, dass sie dem Gesicht begegnen sollte, sie weiß, dass der Junge sie und ihr Verständnis braucht, aber weil Dienstag ist, hat Martha keine Kraft für andere Bedürftige als ihre Mutter.

Sie sagt zu dem Jungen: »Wir sehen uns morgen«, und der Junge geht aus der Klasse, als balancierte er auf einer Planke.

Martha wischt die Tafel, stellt die Stühle und die Pulte gerade und macht sich dann ebenfalls auf den Weg ins Dorf, zu ihrem früheren Zuhause, das ihr auf den Fersen bleibt wie ein zu treuer Hund.

Angekommen, öffnet sie mit einer routinierten Bewegung die Haustür, stößt die Klinke nach oben und zieht. Sie bückt sich beim Eintreten und ruft nach ihrer Mutter.

Stille.

Dann eine ferne Stimme: »Hast du Kartoffeln mitgebracht?«

»Hätte ich Kartoffeln mitbringen sollen?«, fragt Martha zurück, es ermüdet sie, obwohl sie damit hätte rechnen können.

Dass ihr die Mutter nicht entgegenkommt.

Die Mutter versteckt sich in dem Zimmer, das früher Marthas Zimmer war, ihr Gefängnis, aber auch hoffnungsvoll, denn durchs Fenster sah man das Ufer: einen Streifen nur, aber immerhin.

Den Weg hinaus.

Martha tritt in die Türöffnung, die Mutter setzt sich auf und seufzt.

»Bist du heute schon draußen gewesen?«, fragt Martha.

»Wie soll ich es nach draußen schaffen, wenn ich keine Kartoffeln habe?«

»Wieso nicht? Hat dir Sam keine gebracht?«

»Der Junge ist zu nichts nütze. Rennt nur den Mädchen hinterher.«

»Hör auf, Sam kümmert sich doch um alles hier.«

»Um alles, außer um Essen für seine Mutter!«

»Ist denn was im Schrank? Ich kann dir was machen.«

»Woher soll ich das wissen?«

»Genau, du wohnst ja nur hier.«

»Mach dich nicht über mich lustig, sondern geh nachsehen!«

Martha tut es und denkt, *genau davor bin ich davongelaufen; um das loszuwerden, bin ich gegangen und habe um mich herum neue Wände aufstellen lassen.*

Als könnten diese das, was vorher war, als sauberes Paket wegmauern.

In der Speisekammer finden sich eine aufgerissene Mehltüte, eine verrostete Konservenbüchse und daneben eine schwarze Reihe Mäusehinterlassenschaften.

Martha starrt auf die Kötel, schließt die Kammertür und geht davon.

Auf dem Heimweg hört sie den Atem ihrer Mutter, als hätte sie ihn in der eigenen Lunge.

VIER

England, Oktober 1961

LARS

Der Nachmittag neigt sich dem Ende zu, der Boden unter den Füßen entweicht träge, unerreichbar für die Sonne.

Der Dunkelheit entgegen.

Ich stehe vom Stuhl auf und ziehe die Vorhänge zu, und als ich mich wieder zum Bett umdrehe, sehe ich Yvonne in neuem Licht, in der Dämmerung, in der ihre Wimpern zucken. Sie reiben sich aneinander.

Ich muss sie wecken. Wir müssen uns anziehen, die Haare kämmen und nach der Metallklinke greifen. In die Welt hinaustreten, denn heute schenkt uns die Welt ein Fest – und Yvonne liebt Feste, sie freut sich darauf wie ein Kind auf Weihnachten oder auf die Sommerferien. »Ich will im Kleid und mit einem Glas Champagner in der Hand sterben!«, rief sie einmal, hob die Hand in die Luft und verschüttete den Wein, noch am nächsten Tag klebte er auf ihrer Haut.

»Aufwachen«, flüstere ich und lege die Hand zwischen ihre Schulterblätter, dorthin, wo sie sich abzeichnen, wenn der weiche Blusenstoff nachgibt.

Sie erbebt, tritt gegen den Bettrand und lässt einen Brummton hören wie eine zornige Katze.

Aber manchmal muss sich auch eine Katze aus der Wärme erheben, den Rücken zum Bogen krümmen und die Krallen ausfahren. Denn auf dem Tisch wartet der Halsschmuck, im Saal das klimpernde Geschirr, auf uns warten Suppenterrine und Tellerchen, die Kompliziertheiten des zivilisierten Lebens.

Ich fasse Yvonne an der Schulter und schüttle sie.

Sie öffnet die Augen und schaut mich geradewegs an.

Seit meiner Rückkehr nach Tristan waren acht Monate vergangen, als ich erneut meine Tasche packte. Sorgfältig ordnete ich das Fischereizubehör und wünschte, mit meinen Gedanken das Gleiche tun zu können.

Ich redete mir ein, nur ein paar Monate fortzubleiben, so wie immer; rechnete damit, dass mir die übliche Menge an Sehnsucht in der wie üblich nasskalten Stadt bevorstünde. Aber von Breitengrad zu Breitengrad, von Stunde zu Stunde wurde deutlicher, dass mein Leben im Begriff war, sich in das Leben eines anderen zu verwandeln, mein Zuhause in ein Haus mit unversehrten Wänden.

Irgendwo im dunklen Schoß des Atlantiks saß ich in meiner Kabine und dachte, dass auch diese Dunkelheit ihre Koordinaten hat. Alle Stellen auf dieser Kugel sind vermessen. Woher weiß man, wohin man gehört?

Als ich aufbrach, war ich nicht mutig, ich war ein Ausreißer, ich war verliebt, aber blind dafür.

Obwohl ich Yvonne glauben lasse, dass ich mutig war.

Und wenn sie genügend daran glaubt, fange auch ich an, daran zu glauben, und so wird die Geschichte, die ich erzähle, wahr.

Sechs Wochen später lief das Schiff im Hafen ein. Mit verdrehtem Kopf und noch immer schaukelnden Eingeweiden fuhr ich in die Stadt. Ich steuerte das vertraute Hotel an, das ebenfalls schwankte, die Sessel und die Kronleuchterimitate im Foyer schwankten und die Brille auf der Nase des Rezeptionisten ebenso.

»Willkommen zurück, Sir«, sagte er, »wieder auf Dienstreise?«

Nachdem der Kofferträger gegangen war, blieb ich allein in meinem Zimmer zurück. Ich setzte mich auf das schmale Bett und seufzte, ich war so erschöpft, als wäre ich die ganze Strecke geschwommen. Aber ich war auch zu nervös, um mich auszuruhen.

Ich stand auf und ging unter die Dusche. Und nachdem ich mich mit einem weißen Handtuch, so weich wie die Haare eines kleinen Kindes, abgetrocknet hatte, zog ich mir die saubere Jacke an, die Lise nur zwei Monate zuvor in der Küche geflickt hatte. Ich erinnerte mich, wie sie dabei die Lippen zusammenpresste.

Draußen drang mir der nasskalte Herbst bis in die Knochen und ins Mark. Bei der grünen Markise öffnete ich die Tür und trat ein, aber hinter dem Verkaufstisch stand keine Frau, sondern ein großer, schlanker Mann mit kleinen, wässrigen Augen. Er hatte schmale Finger und schmale Lippen, und in mir stieg Panik auf, als ich mir vorstellte, was er mit diesen Fingern getan haben könnte. Aber dann beschloss ich, dass so etwas Yvonne nicht anziehen würde, nicht solche Finger, die Blumen in Zeitungspapier wickelten, als wären sie aus kostbarem Pergament.

»Entschuldigung, ich bin bald wieder zurück«, sagte ich zu dem Mann, der mich fragend ansah. Ich ging und kam am nächsten Tag wieder.

Als ich Yvonne sah, hüpfte mein Herz derart, dass ich sicher war, alle könnten es hören. Aber Yvonne schien sich nicht zu wundern, sie sah mich an, als hätte sie meine Rückkehr geahnt, als käme ich bloß aus dem Nachbarviertel.

Ich stand am Ende der Schlange und beobachtete sie. Waren ihre Pflegeanweisungen kompakter als zuletzt, die Hände flinker beim Einpacken der Einkäufe? Sie sah schöner aus, als ich es in Erinnerung hatte.

Und diesmal wusste ich, was ich sagen wollte, als ich an der Reihe war.

Ich sagte: »Drei rote Rosen.«

Yvonne lächelte. »Ein lernwilliger Seemann.«

Ich gab ihr das Geld und fragte, wann sie Feierabend habe.

»Um sechs«, antwortete sie, und ich sagte, ich käme dann wieder. Sie nickte und reichte mir die Rosen. Die Knospen waren harte rote Tränen.

Draußen ging ich durch fremde Straßen, schaute Menschen an, deren Schmerzen ich nicht kannte.

Waren auch sie einmal gesprungen?

Ich kehrte frühzeitig zum Laden zurück, ausgekühlt und allein in meinem Anzug. Schließlich trat Yvonne aufs Straßenpflaster und ließ für mich das schiefe Lächeln aufblitzen, das so sehr zu ihr gehörte. Aber jetzt war es vorsichtiger als zuvor. Sie richtete mit tastenden Fingern ihr Halstuch, und da verstand ich, dass auch sie allein war – auch sie war nervös, und darum gab es Hoffnung für uns.

Ich überreichte ihr die Rosen, und sie lachte und sagte: »Danke. Das ist aber eine Überraschung.«

Wir gingen in ein kleines Lokal in der Nähe, wo die Luft voller Zigarettenqualm war und Gläser Ringe auf den Tischen hinterlassen hatten. Yvonne sagte, sie möge solche Orte. »Bei der Arbeit ist genügend Ordnung und zu wenig Qualm«, sagte sie, und wir bestellten Grog bei einer Bedienung, auf deren Gesicht man sich nur schwer ein Lächeln vorstellen konnte.

Nachdem die Bedienung gegangen war, zog Yvonne die Mundwinkel nach unten und lachte dann.

Sie erzählte mir von ihrer Arbeit, davon, wie sie nach der Schule ihren Platz nicht gefunden hatte (oder einen Mann, mit dem sie sich niederlassen konnte, aber davon erzählte sie mir nicht). Sie hatte bei ihren Eltern gewohnt, bis sie im Blumenladen gelandet war: Eine Freundin von ihr hatte den Besitzer gekannt, den Mann mit den schmalen Lippen. »Es macht Spaß, mit den Leuten zu reden und Schönheit in die Welt zu bringen«, sagte sie, »und Rosen für sympathische Männer auszusuchen, die sie sympathischen Frauen mitbringen«, fuhr sie fort, und in ihren Augen leuchtete ein pfiffiger Blick auf, den ich später besser kennenlernen würde.

»Was machst du?«, fragte sie dann höflich, womöglich bereute sie ihre Stichelei.

Wir haben uns schon gesehen, wollte ich sagen, *wir brauchen diese Fragen nicht mehr.* Aber ich sagte: Fischereizubehör. Ankauf und Verkauf. Ich hole mir Ideen aus England, bringe Ideen hierher. Auf Tristan gibt es eine lange Tradition, wir kennen das Meer und lesen die Gedanken der Fische. Wir töten sie mit Geschick und Liebe und verzehren sie wie Edelsteine, sie sind wertvoller als Gold.

Yvonne schaute mich still an, mit dem leeren Glas in der Hand.

»Trinkst du noch was?«, fragte ich, und sie wischte sich über die Mundwinkel und hüstelte, als hätte sie eine kleine Gräte im Hals.

An dem Abend nahm ich zum zweiten Mal ihre Hand, und sie zog sie nicht weg. Sie schaute mich an und sah, wie ich mich an der Kerzenflamme versengte wie eine Mücke, die freiwillig in den Tod fliegt. Denn das ist ihr Schicksal. Aber ich war keine Mücke und Yvonne keine Flamme, und Schicksal gibt es nicht. Ich betrat mit eigenen Füßen ein Schiff, und mit denselben Füßen bin ich bis zum heutigen Tag nicht darauf zurückgekehrt. Mit der Entscheidung lebe ich in diesem Land, das der nasse Himmel zerfrisst und in dem die Menschen sich hüten, einander in die Augen zu schauen.

»Darf ich dich nach Hause begleiten?«

»Danke, ich komme allein zurecht.«

»In der Stadt ist es gefährlich um diese Zeit.«

»Das ist meine Stadt.«

»Na und?«

»Also gut. Wenn du versprichst, mich vor Räubern zu beschützen.«

»Mit meinem Leben.«

»Und vor Abwegen?«

»Vor allem vor denen. Ich lasse dich nicht aus den Augen.«

»Und wenn ich losrenne und in der Menschenmenge verschwinde?«

»Dann verfolge ich dich mithilfe der Sommersprossen. Die fallen dir nämlich von den Wangen, hast du das nicht bemerkt?«

»Doch. Meine Mutter hat mich darauf aufmerksam gemacht, als ich ein Kind war. Es ist schwer, sie vom Teppich zu bekommen.«

»Glaubst du an Schicksal?«

»Was?«

»Nichts.«

»Ich glaube an Menschen und Vögel. Und an Kaffee.«

»Eine interessante Religion.«

»Nicht wahr! Die habe ich selbst erfunden.«

»Erzähl mir unterwegs mehr davon.«

»Wenn du versprichst, zuzuhören.«

Und alle Abende seitdem.

Ich wartete frierend vor dem Laden, es wurde sechs, schließlich kam sie jedes Mal, und die Tür knarrte, denn das Öl war aus, und niemand kaufte welches nach.

Yvonne trat vor mich hin, duftete nach Blumen und Tinte und Metall, das in die Haut eingedrungen war.

Vom Laden gingen wir in eines von Yvonnes Lokalen, manchmal auch ins Kino. Wir sahen *Die zehn Gebote*, wir sahen *Die Brücke am Kwai* einstürzen. Alles war wundersam. Wir saßen auf roten Sitzen, und wenn der Film aus war, warteten wir im Saal, bis die Lichter angingen und uns in die kalte Dunkelheit der Straßen trieben.

Manchmal gingen wir in ein billiges Restaurant am Park, wo wir in dicke Streifen geschnittene Kartoffeln und Fisch aßen – ein Gericht, das Yvonne liebte, an dem ich aber nur Mehl und Fett schmeckte. »Nimm mehr Salz«, sagte Yvonne, und ich erzählte ihr von Meerestieren, die direkt aus den Wellen in die zischende Pfanne kamen.

Und einmal, als wir nach dem Essen Kaffee tranken, der nach Teer schmeckte, erzählte ich ihr von dem Vogel, in dessen Bauch sich eine schwarze Perle fand.

»Wie kann eine Perle schwarz sein?«

»Sehr wohl. Sie kann sogar rosa sein.«

»Das glaube ich nicht.«

»Glaub mir nur.«

»Wo ist die Perle jetzt?«

»Im Clubhaus ausgestellt.«

»Was ist das Clubhaus?«, fragte Yvonne und schaute mich von der anderen Seite des Tisches aus an wie aus tausend Kilometer Entfernung.

Wenn sie freihatte, schliefen wir lange in ihrer Wohnung und verzehrten ein großes Frühstück. Wir gingen ins Kaufhaus, kauften ihr billige Ohrringe und für mich Rasierwasser – *denn das benutzen alle zivilisierten Männer.* Dann spazierten wir in den Park, wo wir uns hinsetzten, den dicken Vögeln Körner hinwarfen und uns lustige feierliche Namen für sie ausdachten.

Manchmal merkte ich, dass uns Passanten anstarrten, aber Yvonne bemerkte es nicht. Oder vielleicht kümmerte sie sich nicht darum. Sie machte sich keine Gedanken darüber, ob man sie anschaute oder nicht, und genau darum schauten sie alle an, jetzt aber auch, weil sie bei mir war und ich von der falschen Sorte, anders, das mögen die Leute nicht.

Das Unbekannte.

Obwohl es für mich den Anschein hatte, als wären sich die Menschen hier selbst fremd, als wären sie bloß als Bündel aus Knochen und Fleisch geboren worden, die ihre Eltern mit auf dem Markt erstandener Haut überzogen hatten. Und mit Augen wie Knöpfe, die sie im Knopfladen ausgesucht hatten, sodass sie nicht immer zu dem Körper um sie herum zu passen schienen: Als fragten die Augen fortwährend, *warum bin ich gerade in diesem Leib gefangen.*

Sie war bei mir, aber ich befürchtete, sie würde es nicht bleiben. Ich war ein schlechter Mensch, ich hatte falsch gehandelt, meine Lieben verlassen, die am Ufer gewinkt und gedacht hatten, *bald kommt er zurück.* Aber Yvonne fragte nie: »Wie konntest du das tun?«, denn sie begriff mein Fortgehen, auch sie war ruhelos und wich von dem Weg ab, den man ihr gewiesen hatte.

Oder sie fragte nicht, weil sie es nicht wissen wollte.

Ich war zu ihr gekommen, war bei ihr und massierte abends ihre schmerzenden Füße. Sollte es etwas Schlechtes gegeben haben, so war es weit zurückgeblieben, auf der Insel. Von hier aus sieht man nicht bis dorthin.

Wenn Yvonne nach Lise fragte, sagte ich, sie sei eine Freundin geworden: Wir hätten nebeneinander geschlafen wie Bruder und Schwester, und ich sei nicht mehr glücklich gewesen. Ich erzählte ihr nicht von Lises Augen, deren Farbe sich mit dem Mondumlauf änderte, oder von ihrem Nacken, dessen Bogen aus dem Skizzenbuch Gottes stammte. »Sie ließ immer die Kartoffeln anbrennen«, sagte ich, und auf Yvonnes Gesicht machte sich ein zufriedenes Lächeln breit – alle sind so, schadenfroh gegenüber denen, die der Liebste früher geliebt hat.

Die Wahrheit ist jedoch, dass Lise nichts anbrennen ließ, und das Fleisch briet sie immer genau richtig. Wenn ich die Zähne hineinschlug, troff Blut aus meinen Mundwinkeln, und genau so wollte ich leben.

Bis ich es nicht mehr wollte.

Wie hätte ich bei ihr bleiben können, Tag für Tag vor ihren gnädigen Augen hin- und hergehen? Lise war nicht nur lieb, sondern gut, so durch und durch, dass sie es selbst kaum ertrug. Sie lebte im ständigen Kriegszustand mit ihrer Unzulänglichkeit, und erst die Geburt des Kindes half ihr, loszulassen; erst da dachte sie an etwas anderes als an die Geringfügigkeit, die sie an sich sah.

Manchmal dachte ich, dass Lise an einem völlig falschen Ort geboren war. Auf Tristan hilft es nicht, von einem besseren Menschsein zu träumen, wenn Larven die Kartoffelernte zerstören und die Vogeleier auf den Felsen verderben. Aber Lise kam zurecht, bewältigte den Alltag trotz ihrer Grübeleien und zehrenden Zweifel. Mit dem Kopf mochte sie im Himmel sein, aber die Hände erledigten die Verrichtungen auf der Erde: wuschen Kartoffeln, pflückten Tomaten, schlugen Pinguineier in die Pfanne.

Zu vollkommene, zu sanfte Hände. Auf meiner Haut wie Watte auf Eisen.

Nachdem Yvonne und ich lange genug in Cafés und auf Parkbänken und in der Dunkelheit von Kinos gesessen hatten, beschloss sie, mich zu sich zu nehmen. Zwischen ihre Laken, die immer zerknittert waren und nach Schlaf rochen. Also verließ ich das Hotel und tauschte es gegen Yvonnes kleine Wohnung.

Die Wohnung war so bunt wie Yvonne selbst. Luxuriös war sie nicht: Von den Wänden blätterte die Farbe ab, und graue Larven liefen über den Fußboden. Die Tischdecke hatte Weinflecken, die Vorhänge hatten Kaffeeflecken, die Flächen im Bad festsitzende Flecken, die ich anzuschauen vermied. Manchmal raschelten Mäuse in den Wänden oder Ratten verstopften den Abfluss, und wenn der Winter kam, beschlugen die Fenster, und man kriegte auch mit drei Wollschichten kalte Füße.

Im Hotel war das Bett immer zu straff gemacht gewesen, Yvonne hingegen machte ihr Bett gar nicht. »Bald schlafen wir ja doch wieder darin«, sagte sie und ging ins Bad, badete zu lange. Sie lüftete das Bettzeug nicht aus und bügelte ihre Kleider nicht, sie ließ Brotkrümel auf den Fußboden fallen, und ich kehrte sie auf. Sie vergaß, den Müll hinauszubringen, und ich übernahm es, aber wenigstens waren wir zusammen, und wenn wir uns verloren, suchten wir uns, auf der anderen Seite des Bettes, in der Küche, wo wir Tee aus großen Tassen mit Blumenmustern tranken. Wir saßen auf wackligen Stühlen und lasen Zeitschriften, wunderten uns über Weltallsatelliten, darüber, dass jemand auf Ski den Südpol überquerte. Mal liebten wir uns lang und zärtlich, dann wieder plötzlich und heftig, als müssten wir am nächsten Tag sterben. Aus der Dusche kam oft bloß kaltes Wasser.

Ich war glücklich.

Für eine Weile ersetzte der Stadtlärm das, was ich verloren hatte. Aber mit der Zeit kamen die Stimmen des Ozeans zurück, und in meinem Inneren rauschte es, als wäre mir eine Muschel aufs Ohr geklebt worden. Bald übertönten die Schreie der Seeschwalben die Rufe der Markthändler, die Balzrufe der Wale schallten lauter als die Kinder, die auf der Straße Verstecken spielten, und künstliche Fische schwammen durch meine Träume und weckten in mir die Sehnsucht nach dem wirklichen Meer, als vermisste ich einen abgetrennten Körperteil oder meinen eigenen Atem.

Ich wollte weg aus der Stadt: ans Wasser, aber nicht auf eine Insel, denn wie könnte ich auf einer anderen Insel leben als auf Tristan, andere Ufer und andere Schätze kennenlernen, wenn ich mich ständig an den Ort erinnerte, von dem ich gekommen war. Die Buchten und Strudel, die Goldmünzen, die auf ewig versteckt blieben. (Es stimmte also. Ich war Tristan treuer als Lise.)

Aber Yvonne war in der Stadt aufgewachsen und würde nicht einfach so von ihr weggehen. Sie hatte ihre Arbeit und ihre Freunde, ihre Cafés, durch deren Fenster man nicht schauen konnte. Sie war an Kinder in Schuluniformen gewöhnt, an Frauen mit klackernden Absätzen und an Autos, die mit qualmenden Auspuffen durch das ständige Geschehen holperten. Wie könnte sie das alles hinter sich lassen?

Wie hast du das gemacht, dachte Yvonne, denn sie wusste, dass ich alles Eigene hinter mir gelassen hatte, ihretwegen.

So glaubte sie, und spätestens dieser Glaube leimte uns zusammen. Sie verstand meine Sehnsucht nach der Insel nicht, wo das Leben Mangel und Kampf war, aber sie verstand, dass es meine Heimat gewesen war, und dass sie ihre verlassen musste, wie ich meine verlassen hatte.

Ich versprach ihr, wir würden hin und wieder in die Stadt fahren, und schließlich stimmte sie zu. Aus Pflichtgefühl, aus Neugierde oder aus Liebe, vielleicht aus allem zusammen. Und weil sie das Meer sehen wollte, so wie alle es sehen wollen, glaube ich, ob sie es wissen oder nicht.

Wir würden an die Küste ziehen. Wir würden uns ein kleines grünes Haus suchen, in dem wir morgens erwachten, wie die Wellen erwachen, und wir würden die Beine umeinanderschlingen wie die Stiele von Wasserpflanzen. Yvonnes Haar wäre zerzaust, und es würde ihr nichts ausmachen. Sie würde in die Küche gehen und das Wasser auf dem Herd vergessen. Aber ich würde mich kümmern, um sie und um das Frühstück, darum, dass Brot in der Kammer ist und Kaffeepulver, in das sie morgens ihre weiße Hand stecken kann.

An unserem letzten Tag in der Stadt drehten wir eine Abschiedsrunde.

Wir fingen mit dem Blumenladen an, wo Harry uns Blumen für unser neues Heim aussuchen ließ. Er wünschte uns Glück, obwohl er es schade fand, eine gute Mitarbeiterin zu verlieren. Er mochte mich nicht, und ich empfand ihm gegenüber das Gleiche: Sein Ernst und seine knochigen Finger weckten in mir stets stumpfe Hoffnungslosigkeit. Yvonne war jedoch nicht bereit, etwas Schlechtes über ihn zu sagen, denn sie (wie Lise, wie ich mich erschrocken erinnerte) fand an allen Menschen gute Seiten.

Vom Laden gingen wir in den Park, wo wir die Blütenblätter der Blumen, die wir von Harry bekommen hatten, auf den Bänken verstreuten. Yvonne wollte in der Stadt eine Spur hinterlassen. »Aber der Wind weht die Blätter doch gleich davon«, meinte ich, und Yvonne erwiderte: »Eben.« Sie ist keine von denen, die ihren Namen in einen Baumstamm ritzen, ihre Spuren sieht man nur, wenn man zur richtigen Zeit am richtigen Ort ist.

Als wir uns von den Vögeln verabschiedeten, fragte Yvonne, ob auch sie für uns eigene Namen hätten. Die Frage erinnerte mich an Jon, und plötzlich ging mir auf, dass ich in diesem Land kein einziges Kind kannte: Ich kannte nur diese Frau, diese Kinderwachsene, die mich mit ihrer eigentümlichen Schönheit und Widersprüchlichkeit verzaubert hatte. Yvonne war wie eine Schale, aus der ständig das Wasser überzuschwappen drohte – zuerst war das Überschwappen spannend, dann machte es mich nervös. Dennoch war es schwer, mir das Leben ohne sie vorzustellen.

Aber hatte ich mir denn früher ein Leben ohne Lise vorgestellt?

Schließlich gingen wir in das Restaurant am Park, wo wir Teerkaffee tranken wie besten Kognak.

FÜNF

Tristan da Cunha, Oktober 1961

MARTHA

Es ist Samstag, und Martha kann lange schlafen – oder früh aufwachen, wenn sie es will.

Sie kann es sich aussuchen.

Sie liegt wach und weiß nicht, wie spät es ist, sie hört Bert in der Küche husten. Eine Spinne läuft über die Wand, Martha streckt die Hand aus und zerdrückt das Tier.

Und dennoch, sie haben so viel Liebe.

Martha hört Bert und überlegt, was er tut, überhaupt auf dieser Welt, weil er sich von der Bewegung der Tage nicht durchdringen lassen und Marthas Hände, die stark sind, nicht um sich haben will. Hat er davor Angst: dass Martha wie ein Stein ist, den man den Berg hinabwerfen kann?

Und nicht zerbricht.

Martha stellt die Füße auf den kalten Boden. Ein Stück abseits des Bettes zeichnet das Licht Streifen mit scharfen Rändern auf den Fußboden – wie mit dem Messer geschnitten, denkt Martha und weiß, dass die Sonne bereits hoch steht. Es wird ein warmer Aufstieg werden. Sie wird keinen Pullover brauchen, oder vielleicht einen dünnen, oben weht immer ein Wind.

Sie geht ans Fenster und öffnet die Vorhänge einen Spaltbreit, sodass sich die Lichtstreifen bewegen. Im Nachbargarten sieht sie den Jungen seinen kleinen Stuhl zurechtstellen, er überlegt genau, in welche Richtung. Weg von der Sonne oder doch zu ihr hin? Der Junge erinnert Martha an Sam, ihren Bruder, obwohl er zehn Jahre jünger ist. Beide drücken sich in den Ecken herum, aber Martha ahnt, dass sie noch einmal in die Mitte treten werden.

Sie mag diese ernsthaften Jungen, und sie macht sich Sorgen um sie. Jetzt möchte sie ans Fenster klopfen und rufen: »Es gibt keinen Grund zur Angst!«, aber das tut sie nicht, sie weiß, dass der Sturm mitten am Tag die Schlafzimmertür öffnen kann oder eine Rose eine Wunde in den Finger stechen, die sich entzündet.

Es kann aber auch alles gut gehen.

Martha klopft ans Fenster und hofft, dass es der Junge nicht hört.

Der Junge hebt den Kopf, schaut aber nicht dorthin, wo Martha ist, sondern gerade vor sich, und dort sieht er seine Mutter.

JON

Als Mutter herauskommt, schaut sie mich so erstaunt an, als hätte sie etwas anderes erwartet.

Da ist aber nichts anderes, bloß derselbe langweilige Junge wie immer, dasselbe konzentrierte Gesicht, wenn ich vom Buch aufblicke, und ich möchte meine Mutter um Verzeihung bitten: dafür, dass ich immer derselbe bin. Ich bestehe nur aus Kopf und gar nicht aus Körper.

Mutter kommt zu mir, und das Erstaunen auf ihrem Gesicht löst sich auf.

»Hast du schon Hunger?«, fragt sie und versucht, ihren Atem zu beruhigen, als wäre sie gerade gerannt. Sie versucht ihre Nervosität zu verbergen, aber vergebens.

»Ich habe gerade gefrühstückt«, antworte ich mit einer Stimme, die eine schrecklich hohe Knabenstimme ist. Ich hasse es, so klein zu sein, aber ich sehe, dass meine Mutter genau das mag.

»Na gut«, sagt sie. »Ich setze trotzdem die Kartoffeln auf. Du sollst ja groß und stark werden.« Sie küsst mich auf den Kopf und verschwindet durch die Tür, in die Küche, wo sie mit Pfannen und Töpfen und Besteck klappert; sie hofft, dass der Lärm die Unruhe vertreibt und die flüsternden Muscheln in ihrem Inneren zum Schweigen bringt, lange waren sie auch still.

Es klappt nicht.

Sie geht ans Fenster und sieht meinen Rücken, und ich sehe sie, als hätte ich einen Spiegel vor mir.

Mama, warum schaust du mich an wie ein hilfloses Kind? Ich bin ein Kaiser.

Sie öffnet die Tür, und als ich den Blick auf sie richte, atmet sie wieder.

Was will sie von mir?

Mich schützen?

Mit mir Bäume pflanzen?

Nein, nicht mehr, aber hier steht der Feigenbaum, den ich einmal pflanzte, als Vater noch daheim war – oder er pflanzte ihn, und ich klopfte mit dem Spaten die Erde glatt.

Ich erinnere mich an den Tag, Vater überall im Garten und Mutter auf dem Stuhl, auf dem ich jetzt sitze. Sie war zu groß. Sie war zu still, und sie schaute uns zu und dachte, *was geht im Kopf des Vaters vor.*

Der Gedanke war so eindeutig wie ein Apfel, sie nahm ihn in die Hand und warf ihn mir zu.

Ich fing ihn auf.

Das Tor ging, der Garten füllte sich mit Frauen, die kamen, um sich meine Errungenschaft anzusehen: »So klein und so geschickt, hat einen grünen Daumen wie sein Vater!«, sagten sie, und mein Vater freute sich und hatte für jede Frau ein eigenes Lächeln. Er ging hinein und kam mit einer großen Tüte Tee zurück, die er aus England mitgebracht hatte. »Drei Unzen für alle, jetzt wird nicht gegeizt!«, verkündete er, und die Frauen wirbelten umher, mit vor Begeisterung verknoteten Mokassins.

»Wie der duftet!«

»Der Junge wird Fischer, ein ausgezeichneter Mann für unsere Magda!«

»Nein, für unsere Clara!«

Und Mutter auf ihrem Stuhl und Mutter an der Tür, Mutter

atmend und ihr Herz im Zaum haltend, das seine Asche über diesen Moment streuen will, damit alles wieder dunkel wäre und Mutter das einzige Licht, das Vater sieht.

»Ich verrate dir ein Geheimnis«, sagte die Frau zu dem Mann.
»Hast du Geheimnisse?«, gab der Mann zurück.
»Nur eines. Nur dieses: Selbst wenn Tristan explodieren sollte …«
»Das wird nicht passieren.«
»In Geheimnissen kann alles passieren.«
»Aber nicht im Leben.«
»Woher weißt du das?«

Ich erinnere mich an das letzte Mal, dass wir Vater zum Schiff begleiteten. Ich erinnere mich, wie die Taschen auf dem Karren hüpften und die Adern an Vaters Händen hervortraten, als er die Taschen ans Ufer schob.

Auch Mutter schob, legte ihre kleine Mutterhand auf Vaters große Adernhand, glaubte, ihm damit zu helfen.

Vater hatte Schmutz unter den Nägeln.

Mutter hatte Schnecken und Maden im Bauch.

Ich lief hinter ihnen her und hörte auf die Stille, trat gegen Steine und fror, innerlich, obwohl es ein warmer Tag war und die Sonne groß und gelb.

Als wir die steilste Stelle erreichten, unmittelbar vor dem Ufer, drohte der Karren mit seinem Gewicht hinunterzurollen, und Vater musste sich nach hinten lehnen, um ihn zu halten. Mutter löste ihren Griff und hoffte, Vater würde die Taschen für immer zurückhalten, aber das geschah nicht, und wir gingen langsam die letzten Meter zum Ufer. Dort stellte Vater den Karren ab, wischte sich den Schweiß von der Stirn und schlang die Arme zuerst um Mutter, dann um mich. Er drückte so fest, dass mein Atem aussetzte.

Als er losließ, machte der Atem weiter, wo er stehen geblieben war.

Vater versprach Mitbringsel: Süßigkeiten in einer raschelnden Tüte. Er versprach Bücher mit harten Umschlägen, die durch die Feuchtigkeit des Meeres immer weich wurden, und den Schössling eines Zauberbaums, der von hier aus durch den Nebel bis ins Weltall wachsen würde.

Er sagte, er komme bald zurück. Aber was war *bald*?, dachte ich, und das Schiff starrte voller Forderungen vom Meer aus herüber.

Mit Paul und den anderen Ruderern lud Vater die Taschen ins Boot.

»Jetzt müssen wir nur noch auf die passende Dünung für den Herrn warten«, sagte Paul, und ich war nicht sicher, ob er mit »Herr« meinen Vater oder Gott meinte.

Aber die Dünung kam bald, das Boot wurde ins Wasser geschoben, und die Riemen fingen an zu fliegen wie die Beine einer aufgeschreckten Spinne.

Vater winkte, dann kehrte er uns den Rücken zu, der bald von den anderen nicht mehr zu unterscheiden war.

Ich stand mit Mutter neben dem leeren Karren und sah zu, wie das Boot sich durch den glatten Algengürtel entfernte.

Haben Ameisen Augen?

»Mama.«

»Was?«

»Haben Ameisen Augen?«

»Ich glaube schon, Fliegen haben ja auch welche«, sagt sie und hantiert weiter in der Küche.

Ich denke an Augen, an kleine Blicke überall im Haus, unter dem Bett und in den Falten der Vorhänge, und ich muss lachen. Ich lache laut.

Mutter dreht sich um und schaut mich an wie einen Fremden.

»Würdest du den Tisch decken?«, fragt sie angespannt. Ich weiß nicht, warum sie so gereizt ist.

Trotzdem beschließe ich, zu gehorchen: Ich öffne den Geschirrschrank und nehme zwei Teller, zwei Gläser, zwei Messer und zwei dunkel gewordene Gabeln heraus und knalle alles auf den Tisch.

Mutter bringt das Essen, und wir setzen uns hin. Sie nimmt das Taschentuch vom Kopf, legt es zusammengefaltet über die Lehne des Stuhls neben sich und bauscht sich die Haare, und da passiert etwas.

Fleischbrühe schwappt auf den Tisch.

MARTHA

Martha geht zur Schafsebene hinauf. Neben ihr stürzt die Zigeunerschlucht in die Tiefe. Der Schweiß rinnt an Marthas Beinen herab und kitzelt sie, und sie fragt sich, ob man im Gezeitenteich wohl bald schon schwimmen kann. Nächste Woche wird sie es ausprobieren.

Nachdem sie oben angelangt ist, stellt sie fest, dass die Schafe etwas Sonderbares an sich haben. Sie sind still, lautlos, als hätte der Wind sie in eine unsichtbare Hülle gewickelt. Und warum bellt Ethel nicht, warum wacht der Hund nicht über jede Regung der Schafe, so wie sonst, sondern beschnuppert nur mit eingeklemmtem Schwanz das Gras?

Martha beschließt, die Tiere nachzumachen, ebenfalls still zu sein. Sie legt sich auf einen großen Stein und lässt sich von der Sonne das Gesicht betasten, und als sie die Augen schließt, sieht sie Farben.

Sie wogen, gleiten ineinander und verblassen zum Hintergrund für eine Gestalt, die langsam hervortritt: ein Mädchen im weißen Kleid. Vor dem Kleid zeichnet sich eine Frau ab, die Haare der Frau sind mit einem Taschentuch bedeckt, und sie ist böse auf das Mädchen. *Warum bist du so, warum bist du nicht so, wie ich es will?* Die Worte lassen das Mädchen erzittern. Es bedeckt das Gesicht mit den Händen, und als es die Hände wegnimmt, ist da anstelle des Gesichts eine schwarze Kluft. Das Schwarz rinnt über Hals und Schultern wie Öl. Es füllt den

Körper des Mädchens, färbt mit seiner Dunkelheit den weißen Stoff, der zu Boden fällt wie ein totes Tier.

Da schreit die Frau, aber nicht mehr aus Wut, sondern vor Entsetzen.

Sie hebt das Kleid von der Erde auf und reißt es mit den Zähnen in Fetzen, denn sie will es fressen, sie will alles in sich aufnehmen, was von dem Mädchen übrig ist – aber es ist nichts übrig.

Martha schreckt auf.

Ihr Gesicht glüht, und der Stein fühlt sich weich an.

Einmal, ein einziges Mal vor Bert, spürte Martha einen Mann, die Hände eines Mannes überall. Aber warum denkt sie jetzt daran? Das liegt tausend Jahre zurück. Sie geht den Pfad hinauf, von der Schafsebene noch weiter nach oben, und erinnert sich, wie der Mann den Finger auf die Lippen legte: *Psst* … Ganz leise, es war ein Geheimnis.

Und obwohl es tausend Jahre zurückliegt, erinnert sich Martha daran.

Sie geht, und der Sand bewegt sich, der Pfad will die Richtung ändern, aber wohin sollte er sich wenden?

Der Schweiß rinnt Martha in kleinen Tropfen von der Stirn. Sie geraten ihr in den Mund, und sie schluckt.

Sie ist im Zimmer, unter der Decke, und es ist kalt. Sie steht auf, um das Fenster zu schließen, und da, plötzlich, ist da der Mann.

Hinter ihr.

Er fasst sie an den Schultern, berührt ihr Schlüsselbein und sagt: *Martha*.

Und Martha kann ihn nicht hindern.

Der Pfad biegt sich und die Erde dröhnt, und *warum passiert so etwas mir?*

Warum sieht es niemand?

Psst.

Als alles vorbei ist, riecht die Bettwäsche nach Fischschuppen und Meer.

SECHS

England, Oktober 1961

LARS

Yvonnes Mutter schneidet das Rehfleisch, teilt es in so kleine Stücke, dass sie es in den Mund schieben kann, ohne die sorgfältig rot bemalten Lippen zu beflecken.

Sie will mich weghaben.

Das sehe ich an ihren Augen, wenn sie Erbsen von ihrem Teller aufgabelt, sie mit ihrer blinkenden Gabel jagt wie ein Vogel auf dem Marktplatz die Körner. Dabei redet sie über Paris, denn sie hat dort gerade das Wochenende mit ihrem Mann verbracht, mit dem, der neben ihr sitzt und heute sechzig Jahre alt wird.

»Die Austern waren wunderbar!«, sagen sie, oder Yvonnes Mutter sagt es und merkt nicht, wie der Mann zum Zeichen der entgegengesetzten Meinung das Gesicht verzieht.

Weiter bemüht er sich nicht, sich zu äußern. Er schluckt die Meeresfrüchte und spült sie mit Champagner herunter, denn so ist es leichter, die Schalentiere, die der Tag vor einem hinstellt, zu essen: die Bläschen in den Bauch rinnen lassen und die Enttäuschung lindern, das ewige Altern.

Alle nicken, die ganze Familie als einmütige Front, und ich verstehe schon: Ich bin anders als die anderen.

Ich bin der Grund für die Streitigkeiten, die Yvonne mit ihrer Mutter führt.

»Was geht in deinem Kopf vor?«, sagt die Mutter. »Ein alter Kerl von einer gottverlassenen Felseninsel!«

»Lars ist alles andere als alt!«, erwidert Yvonne, »und die Insel gehört zu Großbritannien!«

»Schrei mich nicht an«, tadelt die Mutter sie mit mutterhafter Stimme, als redete sie mit einem kleinen Mädchen. Das ist ein Fehler, denn das Mädchen ist jetzt eine Frau und isst mit einer silbernen Gabel Fleisch in Sahnesoße.

Und ich habe mir so sehr ein glückliches Leben für dich gewünscht.

Sie sind so verschieden, wie aus unterschiedlichem Material gemacht, man kann kaum glauben, dass die eine aus der anderen gekommen ist. Yvonne passt sich an alle Räume an und schaut einem in die Augen, aber Carol, ihre Mutter, ist wie ein Standbild, das alle skeptisch mustert, als befürchtete sie, jeder, der ihr entgegenkommt, wolle ihr etwas wegnehmen. Und sie will nichts geben. Sie nimmt nur, und je mehr sie bekommt, um so größeres Entsetzen erobert ihr Herz.

Beide vermitteln trotzdem einen Eindruck von Tatkraft, von der Fähigkeit, die Räder zum Rollen zu bringen – etwas, das ich an Yvonne sofort gemocht habe (auch wenn sich später herausstellte, dass es sich eben um einen Eindruck handelte). Beide reden auch viel, als hätten sie Todesangst vor Dingen, die die Stille enthüllen könnte.

Yvonnes Vater, George, fügt sich dem Schauspiel seiner Frau, auch wenn er ein Mann ist, wie er im Buche steht, ein Autohändler und Jäger, der Motoren am Geräusch erkennt und Kugeln daran, wie sie sich in der Hand anfühlen. Und hier, im Landhaus der Familie, züchtet er blutrünstige Jagdhunde und unterhält einen Stall voller großer Pferde, und er hat eigenhändig das Reh geschossen, dessen Überreste hier auf den Porzellantellern liegen.

Mich behandelt George korrekt, aber distanziert. Er weiß nicht, was ich für einer bin. Ich bin ein Fremder, der seine

Tochter genommen hat, die von einer Raupe zur richtigen Frau wurde: sein kleines Mädchen in solchen Armen.

Er will an so etwas nicht denken.

Er denkt, dass Yvonne eine Puppe ist, zu deren Mechanik es gehört, den Vater zu lieben, und diesen Mechanismus macht nichts kaputt.

Als sich das Gespräch dem Wild zuwendet, das wir essen, beschließe ich, George zu erzählen, wie auf Tristan an Festtagen ein Ochse geschlachtet wird. Ich erzähle, wie der Ochse zunächst eingefangen wird, wie er sich wehrt und wie man ihm die Kehle aufschneidet, wenn er noch lebt. Und wenn starker Wind geht, spritzt den Schlächtern das Blut ins Gesicht, es ist warm wie Muttermilch oder Honig, den man neben der Feuerstelle vergessen hat ...

Aber nein, mehr erzähle ich nicht, und es nickt auch niemand. Die Gesichter der Kinder verziehen sich, und die Erwachsenen schieben die Salatblätter auf dem Teller hin und her, senken schweigend den Blick, denn dies ist nicht mein Platz, ich bin nur eine vorübergehende Verirrung im Kopf der Tochter, die sturerweise immer anders sein will. Warum peinigt sie die anderen mit ihren Einfällen? Die Geschichten des Vaters wollen alle hören oder die der Mutter: *In den Cafés bekommt man so herrliches Gebäck!*

Die Menschen denken lieber an Zuckerguss als an Blut.

Yvonne sagt bei Leckereien ebenfalls nicht Nein, aber sie will auch etwas anderes, sie will Salz und Öl und Geschichten aus fremden Ländern. Oft schlingt sie die Arme um mich und bittet: »Erzähl noch mal, wie.«

Wie ich am Kraterrand stand und sich unter mir überraschend ein Stück löste.

Wie wir vom Fischerboot aus einen Wal sahen, dessen Rücken voller schwarzer Punkte war: *Flecken-Marie*, nannte ihn einer, und wir sahen ihn später noch oft.

Wie vor langer Zeit, als ich noch ein Junge war, ein Schiff unterging, das einen kompletten Zirkus an Bord hatte. Trapezkünstler und Feuerschlucker ertranken, die Pferde sanken mit ihren Hufen bis zum Grund ... Nur einem Löwen gelang es, ans Ufer zu schwimmen. Er stieg auf den Berg und blieb dort, setzte seine Tatzen auf die Erde und erklärte: *Dies ist mein Zuhause.*

Und selbstverständlich muss von dem Schatz erzählt werden, den ein ehemaliger Seeräuber, der hinterm Schnaps her war, irgendwo auf der Insel versteckte: zwischen den Wasserfällen, heißt es. Niemand hat den Schatz jedoch gefunden, obwohl viele danach gesucht haben, und –

Yvonne unterbrach: »Woher konntet ihr wissen, dass es den Schatz überhaupt gibt?«

»Natürlich gibt es ihn!«, erwiderte ich. »Man muss nicht immer alles sehen.«

Yvonne blickte mich amüsiert an.

Ich erzählte auch, wie Tristan zur Insel der Witwen wurde, als es vor Generationen zu einem Bootsunglück kam, bei dem fünfzehn Männer in den Wellen verschwanden. Sie hatten sich alle in ein Boot gedrängt, denn sie wollten verzweifelt ein vorbeifahrendes Schiff erreichen, und als dieses eine Boot kenterte, waren alle weg. Einfach so verloren gegangene Brüder, Onkel und Väter, die sich am selben Morgen noch über ihren Hunger gegrämt hatten, ohne zu ahnen, dass sie sich bald über gar nichts mehr grämen müssten.

Nach dem Unglück blieben vier Männer auf der Insel zurück: drei Greise und ein Geisteskranker, der seine Tage auf den Felsen verbrachte, um sich mit Vogeleiern zu unterhalten.

»War das dein Vater?«, fragte Yvonne.

»Ja. Auch wenn er glaubte, meine Mutter zu sein.«

Yvonne lachte.

Jetzt sitzt sie neben mir und lächelt.

Sie schaut mich nicht an, aber ich weiß es. Dass das Lächeln allein mir gehört. Dass sie jetzt die Frau ist, die ihr Gesicht für mich mit ihren Haarsträhnen umrahmt, den Rocksaum hebt, damit ich ihre Fesseln sehe, das Bein, das ein dünner Strumpf umhüllt. Und wenn es hier ein Fenster gäbe, würde sie hinausklettern und, wenn es sein müsste, einen Tag unter dem Apfelbaum stehen. Den Baum fällen, wenn ich es wollte.

Aber sie hängt sich nicht mit langsamen Haken an mich wie Lise, sondern schneidet mich mit schnellen Krebsscheren zu ihrem Eigentum. Und in diesem Raum gibt es keine Apfelbäume, sondern Kristall und Tapeten, die von Anfang an als Tapeten gemacht worden sind – keine Luftblasen, keine Fehler, und sie ist die Yvonne, die nichts über das Sammeln von Brennholz weiß, über das Knurren der Seelöwen oder über Abende, an denen der Himmel seine schwarze Decke um die Insel wickelt und es nichts anderes gibt als das Rauschen des Meeres und die in den Höhen knisternden Sterne.

Yvonne bemalt sich die Augen, stöckelt auf ihren Absätzen und führt das Weinglas an die Lippen, und sie ist mit jedem Schluck ein bisschen glücklicher, dem Himmel ein bisschen näher und weiter weg vom Alltag, der das Herz morsch macht.

Trotzdem ist sie keine Prinzessin, auch wenn sie genau das sein könnte: Sie ist die jüngste von drei Töchtern in dieser Familie, die *Traditionen* hat. Und Geld, das sieht man an der Menge des Geschirrs. (Auf Tristan wurde das Bier aus Blechtassen mit oxidierten Henkeln getrunken.)

Yvonne schert sich nicht ums Geschirr. Sie nimmt mich an

der Hand, berührt Dinge, die ihre Schwestern nie anfassen würden; sie hat Blumen auf der falschen Seite der Stadt verkauft. Sie ist fünfundzwanzig Jahre alt und hat noch kein einziges Kind zur Welt gebracht, wohingegen ihre Schwestern auch jetzt die Kleinsten auf dem Schoß halten, Kinder beruhigen, die nicht wissen, was ihnen alles gegeben ist und was ihnen alles vorenthalten wird.

Bald werden auch sie lernen, wie man eine Kaffeetasse hebt, wie man ein Stück Gebäck mit einer kleinen Gabel in kleine Stücke zerteilt.

Yvonne sucht nach Klarheit, nach dem, wovor die anderen Angst haben, und sie tut das nicht, um anders zu sein, sondern weil sie so ist. Wenn sie Licht sieht, springt sie darauf zu. Es ist sinnlos, sie belehren oder in eine Form pressen zu wollen, das wäre, als würde man versuchen, eine Fliege zu belehren.

Sie hat Mascarakörnchen auf den Wangen und Puderflecken auf dem Kleid, sie will schreien und auf der Haut die harten Schläge des Regens spüren.

Aber hier ist sie wie in einer Flasche, und diese Flasche ist zugeschraubt.

Vor dem Fest, daheim im grünen Haus, Yvonne wachte auf und wünschte einen guten Morgen.

Der Nachmittag ging gerade in den Abend über.

Sie stand auf, ging ans Fenster, um die Vorhänge aufzuziehen – dieselben, die ich gerade zugezogen hatte –, und streckte sich, als wollte sie ihren Körper einem Publikum zeigen, obwohl im Garten nur die herbstlich entblätterten Bäume standen.

Dann ging sie an ihren Kleiderschrank, nahm drei Kleider heraus und legte sie aufs Bett. Sie runzelte ihre vom Schlaf noch blasse Stirn und hielt sich die Kleider der Reihe nach an den Körper, der allmählich seine jungenhafte Schlankheit verlor, weicher wurde. Das gefiel mir.

Als sie sich den grünen, an Fischschuppen erinnernden Stoff über den Kopf zog, verschwanden die letzte Reste vom Schlaf, und sie wurde festlich und funkelnd. Sie zog mit einer routinierten Bewegung die Haare zur Seite und bat mich, den am Rücken eingenähten Reißverschluss zu schließen. Ich zog ihn vorsichtig nach oben, bis zum Nacken, in dem rotbrauner Flaum wuchs.

Sie wandte sich mir zu, und da hob ich die Hand und berührte sie mit zwei Fingern an der Stirn, leicht, wie um sie zu segnen.

»Warum hast du das getan?«, fragte sie.

»Ich weiß nicht. Weil ich dich beschützen will.«

»Wovor muss man mich jetzt wieder beschützen?«

»Vorm Ertrinken. Und vor dem Wolf.«

»Wo siehst du einen Wolf?«

»Überall.«

»Du siehst Gespenster.«

»Du siehst gar nichts.«

»War das jetzt nett gesagt?«

»Yvonne, die Welt ist nicht *nett*.«

»Das weiß ich. Aber es gibt auf der Welt nette *Sachen*«, sagte sie und wandte sich ab, um zu gehen, aber ich hielt sie zurück, ergriff sie mit einer Hand an der Taille und mit der anderen an der Schulter und bog sie nach hinten. Sie quiekte, machte sich los und wischte sich übers Kleid, als hätte ich es schmutzig gemacht.

Dann schaute sie mich mit einem Blick an, den ich nicht deuten konnte (sie scheint manchmal innerlich noch ein Auge zu haben, das Gemüt eines anderen Wesens), und ging ins Bad, um die geheimen Dinge zu tun, die Frauen in Badezimmern tun.

Nachdem ich allein war, nahm ich den Inhalt meines Schranks in Augenschein. Er war spärlich, aber es gelang mir, zwischen verschossenen Pullovern die alte Anzugsjacke zu finden, die ich im Tausch von einem holländischen Seemann bekommen hatte. Sie spannte mehr als früher, und ihre Ärmel hatten blasse Flecken, aber sie musste genügen.

Ich zog die Jacke wieder aus und fing an, in ihren Taschen zu wühlen, und da trafen meine Finger auf etwas Dünnes. Auf ein Stück Papier.

Ein Foto.

Ich sah es an und wäre fast auf die Knie gefallen.

Der Tag, an dem ich Lise heiratete, war wie in einer Fabrik für schöne Tage hergestellt. Es war November, später Frühling, die gekalkten Wände des Kirchengebäudes leuchteten in der blendenden Sonne. Das ganze Dorf hatte seine besten Kleider angezogen, und wie mich das rührte: die steifen, ungewohnten Bewegungen der Menschen, wie sie auf ihre gestärkten Stoffe achteten, behutsam auf ihre Plätze gingen, damit die polierten Festtagsschuhe keine Flecken bekamen. Die Bänke füllten sich mit vorsichtigem Rascheln und Geflüster, als hätten die Gäste Angst, einen Porzellankrug zu zerbrechen – oder die Braut, die endlich aus dem Sonnenschein ins schräge Licht der Kirche trat.

Lise, leuchtend wie der Tag. Lise mit dem alten Schleier meiner Großmutter, dessen Spitze längst gelblich geworden war, und in einem Brautkleid, das Elide einst getragen hatte und das umgearbeitet worden war. Man hatte es schmaler gemacht, damit es passend über Lises schlanken Körper fiel. Auch der Ring war der alte meiner Großmutter und saß ein bisschen zu locker an Lises schmalem Finger, sodass er bei kaltem Wetter herunterzufallen drohte.

Die Trauung nahm Pastor Burrow vor, der arme Mann, der es für drei Jahre auf sich genommen hatte, im letzten Winkel des Königreiches zu arbeiten. Er hatte sich der Insel gegenüber verpflichtet gefühlt, denn ihre Bewohner hatten einst seinen

Großvater von einem schweren Schiffbruch gerettet: Mit anderen Unglücklichen (oder Glücklichen) hatte der Großvater am Mast des sinkenden Schiffes gehangen und es schließlich geschafft, zur nächsten Insel zu schwimmen, nach Inaccessible, auf die man wegen der steilen Uferfelsen nur schwer gelangte. Aber sie gelangten hinauf und lebten von rohen Pinguinen und wildem Sellerie und Willenskraft, bis sie endlich ein Floß gezimmert hatten, mit dem einige von ihnen nach Tristan ruderten. Bald kamen die Inselbewohner, um die ausgehungerte und zerstrittene Schar zu retten.

Am Hochzeitstag schien der Pastor seinen Job jedoch nicht zu bereuen, und auch Frau Burrow wirkte zufrieden. Sie stand am Gang und fotografierte die Hochzeit mit ihrer Kamera, der einzigen, die die Insel je gesehen hatte. Das gleichmäßige Knipsen des Verschlusses gab der umstandslosen und kurzen Zeremonie den Takt vor.

Ich war damals schon sechsunddreißig, ein hoffnungsloser Junggeselle, aber das war ich aus eigenem Willen und nicht, weil ich keine Frau gefunden hätte. Ich hatte mich einfach dafür entschieden, mich mit nicht weniger als Liebe zu begnügen, wegen eines Spiels würde ich meine Tage nicht ändern, denn ich hatte es gut für mich allein, in meinem kleinen Haus mit meinem kleinen Hund. Außerdem hatte ich meine Arbeit, die mit den Jahren international geworden war, und ich hatte Freunde, vor allem Paul, mit dem ich schon zu Schulzeiten ein enges Gespann bildete.

Lise war mir nie besonders aufgefallen. Sie war ein unwirklicher, im Hintergrund schwankender Schatten: schön zwar, aber still. Ich verstand die Stille nicht, ich begriff nicht, warum nicht alle eine Chitinkrone auf der Stirn tragen wollten. Ich glaubte, Stille bedeute, dass man nichts zu sagen hat, und ich glaubte, dass diejenigen, die keinen Willen haben, im Schatten stehen. Aber später lernte ich, dass Lise eine sehr reelle und willensstarke Frau war.

Sie lauerte mir mit genau gesetzten Gesten auf. Sie war nicht aufdringlich, so wie manche anderen Frauen, die sich kaum etwas aus mir machten, aber wussten, dass man auf der Insel unter dem wählen musste, was da war. Lise passte ihren Moment ab, um mir die selbstsicheren Bewegungen ihres Körpers zu zeigen, die Stille, die um sie lag wie ein aufregendes Rätsel. Ich hätte durchaus eine andere Wahl treffen, eine von den lauteren Frauen nehmen können, mit denen ich aus Höflichkeit tanzte und von denen mir einige auch gefielen; sie unterhielten mich, sie brachten mich manchmal zum Lachen, aber alles, was sie an sich hatten, lag auf der Hand. Ich konnte sie mir mit ihren scharfen Stimmen und Umrissen nicht in meinem Zuhause vorstellen.

Eines Samstags, als der Tanz dem Ende zuging, bemerkte ich hinter mir, an der Wand, eine lautlose Nähe. Zuerst war es nur eine Ahnung, ein gedämpftes Stechen unter der Haut, aber bald spürte ich, wie das Stechen stärker wurde, zu einem elektrisch aufgeladenen Gedanken und schließlich zu einer Kraft, die meinen Kopf dazu brachte, sich zu drehen, und meinen Blick dazu, die Absenderin der Botschaft zu suchen und sie anzulächeln.

Sie lächelte zurück.

Ein Haken.

Aber ein warmer, einer, den man immer wieder spüren wollte, bei Dorffesten und Taufen, bei Gottesdiensten und Apfelsammelzügen, an Kartoffelerntetagen und Rattenjagdtagen und ganz gewöhnlichen Tagen, bis der Körper voller Stiche war.

Bis der wolkenlose Sonntag kam, an dem ich Lise zu einem

Ausflug auf die höchste Ebene über der Zigeunerschlucht mitnahm. Die Ebene liegt auf halbem Weg zum Berggipfel, man muss lange aufsteigen, aber Lise war das Gehen gewohnt und vier Jahre jünger als ich, das Steigen bereitete ihr keine Schwierigkeiten.

Am Ziel setzten wir uns auf einen Aussichtsplatz, von dem aus man weit aufs Meer hinausblickte. Wir bewunderten die Landschaft, die von den Vögeln weiß gefärbten Inseln, und wir gossen dünnen Tee in Emailtassen. Wir stießen vorsichtig an und richteten die Blicke mehr in die Nähe, aufs Dorf, und dachten über dessen offiziellen Namen nach, *Edinburgh of the Seven Seas*, den niemand benutzte – wir fragten uns, warum man immer von sieben Meeren sprach, waren denn nicht alle Meere letztlich ein einziges großes Becken. »Und alle Fische des Meeres haben ein riesiges Zuhause«, sagte Lise und richtete den Blick vom Dorf auf mich.

Ich mochte dieses Gesicht. Zuerst sah es ausdruckslos aus, aber wenn man genau hinschaute, lernte man bald, alle ihre Empfindungen darin zu lesen. Die Lippe erzittert ein wenig: Ärger. Die Lider bewegen sich, obwohl die Augen auf der Stelle bleiben: Verwunderung.

Aber jetzt bewegten sich diese Augen wie dunkle, ruhelose Lichtstrahlen, denn sie hatte etwas wie dunkles Licht in sich, und nichts an ihr war einfach. In ihrem Inneren lag eine Schicht über der anderen, die Tage mit ihr wären nicht wie die ledrige Schale eines Apfels.

Als wir unseren Proviant gegessen hatten, wischte ich mir die Brotkrümel vom Hemd und kniete mich vor ihr ins Gras.

Bald gingen wir ins Dorf hinunter und stellten uns beide das Leben vor, das nun auf uns wartete.

Und an dem Novembertag vor der Kirche, als Lise ihren Brautstrauß über die Schulter warf, beschrieb der Strauß einen vollkommenen Bogen. Innerhalb dieses Bogens blitzte das Meer auf, ein Stück blau schreiender Himmel: genau umgrenztes Glück, unmittelbar greifbar. Als hätte ich alles umarmen können, das Meer, den Himmel und die Vögel, die Striche an den Himmel zeichneten. Aber das wollte ich nicht, ich wollte einzig und allein Lise, deren Stille anders war als die aller anderen.

Als der Strauß das Ende seines Bogens erreicht hatte, schnappte ihn sich ein kleines Mädchen mit dickem Haar. *Ich bin die nächste Braut!*, jubelte es, und das amüsierte mich, denn wie könnte so ein Mädchen die nächste sein? Es war klein und dünn wie ein vom Herbstwind gebeutelter Baum.

Lise drehte sich um, schlug die Hände zusammen und stieß einen Laut aus, der entweder von Freude oder von Verdruss kündete. Dann ging sie zu dem Mädchen hin, hob es hoch und wirbelte es herum, sodass ich trotz des Abstands den süßen Geruch des Mädchens wahrnahm – aber einen, unter den sich etwas Festsitzendes mischte, eine Flechte, die durch die Trauer wächst. An dem Tag war der Geruch wie aus einer anderen Welt, aber dennoch ein Teil des Mädchens, wie die Finger oder die Zehen.

»Ganz bestimmt bist du die nächste!«, sagte Lise. »Vor allem weil du ein so hübsches Kleid anhast«, fuhr sie fort und setzte das Mädchen ab wie einen Armvoll Brennholz.

Das Kleid hatte die Frau des Pastors genäht, die forsche Frau Burrow, die auch jetzt im richtigen Fotografierabstand mit ihrer Kamera lauerte. Sie stellte das Stativ auf, bat darum, sich nicht zu rühren – und *knips* hatte sie ein Bild von ihnen gemacht, von den Hand in Hand dastehenden Bräuten.

Dann lösten sich die Hände, und das Mädchen wandte sich mir zu.

Einige Wochen nach dem Tag der Hochzeit setzte bei Lise die Übelkeit ein. Sie wachte morgens wimmernd auf und übergab sich in die Schüssel, die neben dem Bett wartete. Ich kippte den Inhalt der Schüssel in eine Grube im Garten, spülte sie aus und brachte sie zurück. Dann setzte ich mich an den Küchentisch, um zu frühstücken.

Lise bekam nichts herunter. Sie blieb im Bett und stand nur zwischendurch auf, wenn sie dazu fähig war.

Anfangs tröstete ich sie, bevor ich zur Arbeit ging. Ich legte ihr die Hand auf die feuchte Stirn, strich ihr über das zottige, leblose Haar, aber ich konnte ihr nicht helfen, nicht richtig, und bald ermüdeten mich meine Hilflosigkeit und das blasse Gesicht, von dem ich nichts zurückbekam.

Von nun an überließ ich sie immer mehr ihrem Schicksal.

Von nun an beschuldigte ich immer mehr das Kind, das Lises Gesicht die Freude geraubt hatte: das Kind, das viel zu bald kommen würde, das schon im Bauch war, bevor der Anbau des Hauses fertig wurde, bevor die Fenster eingebaut und das Stroh ordentlich auf dem Dach befestigt waren. Was hatte es dieses Wesen so eilig, auf die Welt zu kommen? So dachte ich, als hätte das Kind schon in der Gebärmutter einen Willen und einen Geist gehabt.

Eines Abends, als Lise sich besser fühlte und sie strickend am Kaminfeuer saß, sagte ich, ich ginge zu Paul und Elide.

Aber als ich aus der Tür trat, machte ich mich direkt auf den Weg zur alten Henderson.

»Lars, das ist aber eine überraschende Ehre«, sagte die Alte, als sie mich sah.

»Ob es eine Ehre ist, weiß ich nicht, aber kann ich reinkommen?«

»Bitte, nur zu.«

Gebückt trat ich durch die Tür, die im Henderson-Haus noch niedriger war als bei den anderen.

»Lise geht es schlecht«, sagte ich, »die ganze Zeit. Ich glaube nicht, dass sie es aushält.«

»Was aushält?«

»Na … Das. Die gute Hoffnung. Und sie scheint noch nicht einmal besonders weit zu sein.«

»Manchmal kommt es so. Dass die Übelkeit stärker ist. Aber Lise ist stark, sie wird es aushalten.«

»Ich weiß nicht. Ich habe mich gefragt, ob wir vielleicht … ob es ein … Mittel gibt.«

Die Alte sah mich mit dunkel werdenden Augen an. »Jetzt hör mir mal zu, Lars. Ich will nicht einmal vermuten, worauf du anspielst. Aber am besten hörst du sofort damit auf.«

»Aber Lise …«

»Lise wird es überstehen. Versuche du es nur auch«, sagte die Alte und wedelte mit ihren runzligen Händen in Richtung Tür. Es war schwer zu glauben, dass diese Hände so viele Kinder auf die Welt gebracht hatten: auch mich, dessen Hände Lebewesen in den Tod holten.

Ich setzte die Mütze wieder auf, ging gebückt hinaus und erzählte niemandem von meinem Besuch.

Als endlich die Zeit kam, zu der das Kind geboren werden sollte, stockte seine Eile, auf die Welt zu kommen. *Natürlich*, dachte ich, *jetzt zögerst du es hinaus*. Lise machte sich Sorgen und ging im Garten endlos im Kreis herum, damit das Kind verstand, dass seine Stunde gekommen war. Insgeheim dachte ich jedoch, dass die Verzögerung auch nützlich sein könnte, denn jetzt konnten die Dorfbewohner – falls sie es gut meinten – rechnen, dass das Kind erst nach dem Läuten der Hochzeitsglocken seinen Anfang genommen hatte.

Als die Geburt schließlich einsetzte, war sie so leicht, wie die Schwangerschaft schwer gewesen war, als hätte das Kind endlich beschlossen, gnädig mit seiner Mutter zu sein, deren Leib es so gnadenlos strapaziert hatte.

Es war Nachmittag, bei herbstlichem Nieselregen. Ich war im Hof, um die neuen Fensterrahmen zu schleifen, als Lise zur Tür gestürzt kam und rief: »Jetzt kommt es!« Zuerst dachte ich an ein Schiff, aber als ich aufs Meer blickte, lag der Horizont grau und leer da. Bald verstand ich, dass sie das Kind meinte, das sich endlich dafür entschieden hatte, seine blutweiche Wirklichkeit zu verlassen und in die nächste überzugehen.

Ich rannte zum Henderson-Haus und versuchte mit aller Macht zu vergessen, in welcher Angelegenheit ich beim letzten Mal dort gewesen war.

Die Alte war im Nu bereit: Sie hatte in ihrer inoffiziellen Tätigkeit jahrzehntelange Erfahrung, und in ihren alten Beinen verbarg sich eine überraschende Flinkheit.

Bei uns angekommen, nahm sie wie ein Feldherr alles unter Kontrolle. Sie befahl mir, die lange Bank in der Küche schräg an die Wand zu stellen, und Lise musste sich an die Bank lehnen. Sie befahl Lise, zu atmen und sich zu entspannen, und Lise atmete und versuchte sich zu entspannen, und ich konnte nur zuschauen und stolz auf meine Frau sein, die so viel ausgehalten hatte. Und die auch das noch aushalten würde.

Zwischendurch stand sie auf, ging umher und heulte. Sie sang mit der Alten ein Lied, das wie das Mantra von Wilden klang. Die Laute, der Schweiß, Lises schmerzverzerrtes Gesicht: All das saugte den Sauerstoff im Raum auf, und ich empfand das dringende Bedürfnis, hinauszugehen. Zu fliehen.

Am Tor überlegte ich es mir anders und ging wieder hinein.

»Kann ich helfen?«, fragte ich die Alte, die mich nur mit ihrem Blick durchbohrte und den Finger schwenkte: *pscht*.

Es verging eine endlos lange Zeit, bis sie ein kleines und runzliges Fleischbündel aus Lise herauszog – auch wenn ich mir später anhören durfte, dass die Zeit kurz gewesen sei. Die Alte durchtrennte die Nabelschnur, wusch das Baby mit flinken Bewegungen wie eine Kartoffel uns wickelte es in frische Tücher.

Dann überreichte sie mir das Bündel.

»Ein Junge«, verkündete sie und sah mich bedeutungsvoll an.

Das Wesen, in dem ich so viel Schlechtigkeit und Berechnung gesehen hatte, war unschuldig und hilflos. Und als es die Augen einen Spaltbreit öffnete, sah ich, wie darin ein Schreck aufleuchtete: Unter solche Tiere bin ich geraten? Bald verwandelte sich das Entsetzen in Gebrüll, in ein untröstliches

Schreien, als hätte das Baby noch in seiner jenseitigen Weisheit etwas begriffen.

Ich gab Lise das Bündel, und an ihrem Gesichtsausdruck sah ich, dass sich alles zum Guten wenden würde. Das Wimmern, an das sich unser Haus gewöhnt hatte, würde sich in Lachen und in das Lallen des Babys verwandeln, auch in Weinen, aber in harmloses. Natürliches.

Babys weinen.

Mütter trösten.

Väter stehen neben der Standuhr und lernen wieder lieben.

Und so ging es weiter, unterbrochene Nächte, Lises trübe Augen und die unwirklich kleinen Finger des Babys, wie die Gedanken von Zwergen. Sie umklammerten meinen Daumen, vertrauten mir, und bald verzieh mir auch Lise oder vergaß, dass ich lieber Holz gehackt oder Ratten erschlagen hatte, als bei ihr zu wachen und ihren Körper zu streicheln, in den der Schmerz eingekehrt war. Sie konzentrierte sich auf den Jungen, fühlte die Härchen auf seinem Kopf und liebte jedes davon. Sie knotete ein Tragetuch und trug den Jungen darin überall hin, wie eine Belohnung oder einen überzähligen Teil von sich selbst. Sie war müde, aber der Schmerz war weg, und sie war glücklich, und für eine Weile war ich es auch.

Warum so etwas zerstören, kaputt machen.

Wir waren eine Familie.

SIEBEN

Tristan da Cunha, Oktober 1961

JON

Die Zeichen hatten in der Luft gelegen.

Die Tiere hatten sich sonderbar benommen, und ein Erdrutsch hatte die Ölfässer hinter der Konservenfabrik verschüttet.

Die Zeichen hatten in der Luft gelegen, es war keine Überraschung gewesen, obwohl es das natürlich war: Wir leben an einem besonderen Ort, aber für uns ist er normal, unser Zuhause, und niemand rechnet mitten in seinem Zuhause mit einer Kluft, mit einer Lücke im gleichmäßigen Gang der Tage.

Aber alles, was geschieht, geschieht in einem Moment.

Zerbrich dir nicht den Kopf über Wahrscheinlichkeiten.

Der Moment ist jetzt.

Das versteht auch meine Mutter, sie schaut mich an und schaut auf den Tisch. Sie wischt die Fleischbrühe nicht auf. Sie läuft hinaus, auch die Nachbarn sind ins Freie gerannt, und jetzt stehen sie neben ihren Gemüsebeeten und wundern sich.

»Wo sind die anderen?«, fragt jemand, denn einige sind nicht da: auf dem Kartoffelacker oder ganz weg, und ich frage mich, wo Gott jetzt ist.

Dann kommt Mutter wieder herein und sagt: »Wir müssen zu David gehen. Vielleicht weiß er, was da passiert.«

David ist der Amtmann der Insel, ein Engländer, der im vornehmsten Haus des Dorfes wohnt, im einzigen mit einer weiß gestrichenen Tür aus ausländischem Holz.

Das Haus steht nicht weit von unserem Haus entfernt, und als wir hinkommen, sehen wir David schon warten. Er steht wie ein Prophet zwischen seinen frisch geschnittenen Hecken, und wir umgeben ihn mit unseren Fragen.

»Warum bebt die Erde?«

»Woher kommt der Rauch?«

»Kein Grund zur Sorge«, sagt David und erzählt, er habe über die Situation nach Kapstadt berichtet. Von dort hat man London informiert, und aus London haben Experten geantwortet: *Es ist die tiefe Erdrinde. Gefahr besteht nicht.*

Gefahr besteht nicht? Sie riechen diese Luft nicht.

Sie hören dieses Geräusch nicht, dumpf, als würden leere Trommeln geschlagen. Die Erde unter ihnen ist glatt und eben, in ihren Kantinen schwappt ihnen nicht die heiße Suppe über die Hände, und sie können uns nicht sagen, was wir tun sollen.

Wir tun Folgendes: Wir lassen die Kartoffeln ungegessen und packen sie in Taschen. Wir packen Decke, Pyjama und Wollsocken, füllen die Wasserkanister und verabschieden uns von den Häusern. Wir wünschen den Wänden viel Glück. Dann steigen wir zum Kartoffelacker hinauf, auf der friedlichen Seite des Bergs, und kriechen in Hütten, die in einer ungleichmäßigen Reihe neben den Feldstreifen errichtet worden sind. Dort, im Dunklen und beim Rascheln der Ratten, lehnen wir uns aneinander, zünden Kerzen an und erzählen uns Geschichten. Wir nehmen Tee und Wasserkessel mit, *es ist gut, warm zu bleiben, wenn die Nacht kommt* … Obwohl wir sowieso warm bleiben, denn die Hütten sind eng, und der Steinbrei kocht.

David sagt: »Wir machen es so.«

Und dieses Mal folgen wir.

Wir sind gerade dabei, die Sachen zu packen, als die Dorfbewohner, die auf dem Kartoffelacker gewesen sind, herunterkommen. Ihre Hände sind voller Erde, und in ihren Blicken liegt Unwissenheit, aber wir, die wir glauben, mehr zu wissen, beruhigen sie und teilen ihnen den Plan mit: Es ist wichtig, einen Plan zu haben, es ist wichtig, zu handeln, denn Handeln verhindert Panik.

Wir packen also und beladen die Holzkarren. Die Ochsen, die vor ihnen eingespannt werden, sind aus ihrer üblichen Schläfrigkeit hochgefahren. Heute werden sie keine Kartoffeln ziehen, sondern Kinder, die zu groß sind, um getragen zu werden, aber zu klein, um den ganzen Weg zu gehen – und die Greise ebenfalls, solche wie die alte Henderson, die hundert Jahre gelebt hat und gesehen hat, wie tausend Leben entstanden, aber niemals etwas Derartiges.

Ich stehe in der Küche und überlege, was ich einpacken soll. Was wird Mutter retten?

Eine Rose?

Die sind längst verbrannt worden.

Einen Zeitungsausschnitt?

Die kleben an der Wand.

Ein Topf wird Mutter retten, die Vorstellung, dass ich esse. Die gewöhnlichen Dinge, Pinguinöl, auch wenn es kümmerlich brennt und stinkt – und Fischkonserven aus dem Schrank, Öffner nicht vergessen!

Als wir fertig sind, versammeln wir uns am Weg, der nach oben führt.

David steigt auf einen großen Stein, macht ein Zeichen, damit es still wird, und sagt: »Bevor wir gehen, will ich mich vergewissern, dass alle da sind. Es fehlt doch niemand?«

Alle schauen sich um. Elide zählt ihre Kinder, meine Mutter legt mir die Hand auf den Kopf und lässt sie dort liegen.

Dann hört man eine leise Stimme aus der Schar: »Martha.«

Alle drehen sich nach der Stimme um.

»Wo ist Martha?«, frage ich meine Mutter, obwohl ich ahne, dass es zwecklos ist – sie mag die Lehrerin nicht, ich weiß nicht, warum. Normalerweise mag sie alle, sogar den vorigen Amtmann, den alle hassten, denn er steckte die Aufsässigen in den Fußblock und versuchte, auf Tristan ausländische Regeln einzusetzen, die hier nicht hingehören. Mutter redet selbst über die Mutter der Lehrerin nie schlecht, die einen Bauch hat wie ein vollgestopfter Esel und aus deren Augen der Blick herausgeflossen ist.

Bert geht zu David, und sie beraten sich darüber, was zu tun ist. Soll jemand nach Martha suchen, oder soll jemand im Dorf auf sie warten? Nein, warten ist zu gefährlich. Die Beben haben bereits Fenster und Türen herausgebrochen, bald werden sie die Wände zum Einstürzen bringen.

»Wo ist Martha nur?«

»Vielleicht bei der Hottentottenschlucht?«

»Geht sie da nicht oft hin? Die liegt auf dem Weg.«

Bert könnte dort vorbeischauen.

Als wir angekommen sind, verteilen wir uns auf die Hütten und machen unsere primitiven Betten. In den Hütten ist es eng, der Erdboden ist hart, und es gibt keine Fenster. Das Essen ist kalt, aber das macht nichts, denn unser Zuhause explodiert gerade oder bröckelt ins Meer, dorthin, wo es hergekommen ist. Vielleicht war die Entstehung der Insel von Anfang an ein Fehler: Die Insel ist ein Kind, das aus Versehen geboren und zu groß geworden ist, und jetzt muss es vernichtet werden.

Wir gehen abwechselnd hinaus. Wir blicken uns um und suchen Antworten, aber wir bekommen nur Rauch, einen Geruch, der an ein Vogelei erinnert, das in der Sonne vergessen worden ist.

Was tun, denken alle, *wenn der Vulkan ausbricht?*

Warum hat niemand gesagt, wie man dann vorgehen muss?

Warum hat niemand gesagt, dass es so weit kommen kann?

Weil der Berg schlief und weil wir es ja doch besser wissen. Wir sind Kinder von Wächtern des Kaisers, von Seeräubern und von Walfängern, wir fürchten uns vor nichts.

Wir setzen uns im Kreis, in viele kleine Kreise, und warten. Wir erzählen Geschichten: »Als William mit einem halben Boot nach Sandy Point ruderte …«, »Als der Krebsfang so groß war, dass die *Tristania* fast untergegangen wäre …«

Und vielleicht ist morgen alles wie immer.

Vielleicht kehren wir morgen nach Hause zurück, mit benebelten Köpfen wie nach einem seltsamen Traum, leicht berauscht, als hätten wir geschmolzene Sterne getrunken.

Mein Vater brachte mir die Sterne bei, den Großen Hund und den Oriongürtel, in dem drei Könige einander umkreisen: Alnitak, Alnilam und Mintaka.

Er zeigte auf den Himmel. »Dort, siehst du? Sie kreisen umeinander und stoßen nie zusammen.«

Bald wird alles wie immer sein, bald werden wir die Tür zur Schule aufmachen, hinter der die Lehrerin sitzt und wartet. Ich werde vor sie hintreten, ihre Hände werden warm sein, bereit, den Tag in Empfang zu nehmen. Mich. Die anderen sind nicht so wichtig, die anderen sind klein und lernen nicht, die Vögel zu erkennen, sie verstehen die Rechenkunst nicht und schicken sich gegenseitig Zettel, auf denen steht: *Hast du P. gestern gesehen?* oder andere überflüssige Dinge.

Sie interessieren sich nur für ihr eigenes Herz.

Aber ich habe eine Hand, in der man die Zukunft sieht – so hat es die Lehrerin einmal gesagt, als wir allein waren und das Licht durch die geschlossenen Vorhänge auf ihr Gesicht fiel.

In dieser Hand liegt die Welt, vergiss das nicht.

Alle Entscheidungen, die du triffst.

Und wenn die Geschichten in den Hütten enden, kommt die Nacht, und alle schlafen. Es wird dunkel, und es kommen drei Könige, um mir den Weg dorthin zu leuchten, wo sie ist.

MARTHA

Bert sucht Martha in der Hottentottenschlucht, aber Martha ist nicht dort.

Sie befindet sich ganz auf der anderen Seite des Berghangs, dort, wo sich alles verändert, die Erde aufreißt und sich in Wasser verwandelt.

Aber nein. Es ist Feuer.

Es kommt aus der Tiefe, es ist fremd, aber gleichzeitig vertraut: *Mein Zuhause*, denkt Martha und weiß, dass es verloren ist.

Die Erde reißt auf, und etwas Weißes fällt hinein, wie Funken sprühende Wolken.

Schafe?

Ja, *dies* ist der Feuerofen, über den geschrieben steht.

Martha hat ihn für ein Märchen gehalten.

Es ist ein Fluch: eine Strafe für Unglaube und Genuss, für Taten, die in dunklen Zimmern begangen wurden, bei Geruch und Feuchtigkeit. Ist das wahr? Dass Gott alles sieht? Dass er das Schreien der Schafe hört, das Martha jetzt nicht mehr von dem Tosen unterscheiden kann. Sie sieht nur die offenen Münder der Tiere.

Und Martha ist noch nie so sehr irgendwo gewesen, wie sie jetzt hier ist.

Aber sie muss gehen, muss davonrennen, denn der Riss öffnet sich, und wer weiß, bis wohin er gleich reicht, den Berg kümmert es nicht, wo Martha steht. Der Hund starrt und bellt, hier ist seine Stimme leise, hier ist das Scharfe weich und die harte Erde brüchiges Papier, und jetzt kommt der Hund auf sie zu. Er stößt sie mit der Schnauze an. *Schnell! Komm schon!*

Aber die Beine sind schwer, die Schafe ein so schreckliches Bild, dass Martha sich nicht vom Fleck rühren kann. Sie spürt die Hitze, die Flammen, als Kind wischte sie einmal mit der Hand zu dicht an einer Kerze vorbei, und ihr Ärmel fing Feuer – wie das brannte, wie nichts sonst auf der Welt.

Sie erinnert sich daran.

Sieht die Angst in den Augen ihres Vaters, vor dem Löschen: Die Angst blieb dort.

Der Riss ist nicht mehr zu sehen. Die Wunde hat sich geschlossen, und die Schafe sind nicht mehr da, nur noch grünes Gras und grauer Stein, darüber das weiße Auge der Sonne.

Es blinzelt. Der Berg grollt, der Rauch zeichnet schwarze Streifen auf den Schnee, der den Gipfel überzieht, *wie große Gitter*, denkt Martha und bückt sich, nimmt die Rocksäume in die vor Schweiß feuchten Hände.

Und schon rennt sie.

Beim Rennen weiß Martha, dass sie an Bert denken sollte. Wo ist er? Geht es ihm gut?

Und Mutter?

Aber sie denkt an Wale, an die *Flecken-Marie*, daran, was passiert, wenn die Lava bis ins Wasser fließt und am Walrücken kleben bleibt, stirbt er dann, wird er zur Leiche? Martha denkt an die Knochen des gefleckten Wals, die man hundert Jahre später im Meer finden wird. Ein Wissenschaftler wird seinen Fund bestaunen, denn was ist das alltägliche Schuften dagegen, dass man den Tod als Schatten quer durch die Landschaft schwanken sieht: Dort kam er her, und dort ging er hin.

Man muss vorsichtig gehen, der Hang ist steil, und die Mokassins haben glatte Sohlen. Martha bleibt stehen, um sie auszuziehen, sie versucht, sich nur darauf zu konzentrieren, aber vor ihrem inneren Auge sieht sie die aufgerissene Erde, und als sie aufblickt, sieht sie das Meer, das glitzert, als wären darin alle Diamanten der Welt geschmolzen.

Wie kann das Meer es wagen, so zu glitzern, so schön zu sein, da alles um Martha herum zerstört wird?

Barfuß ist sie flinker. Sie umklammert die Schuhe mit den Händen, wirft sie nicht weg, denn sie hat sie selbst gemacht: Sie erinnert sich, wie die Kuh getötet, das Fleisch gegessen und die Haut zwischen Holzstöcken zum Trocknen aufgespannt wurde. Sie schnitt passende Stücke davon ab und nähte an stillen Abenden Stiche hinein, während Bert in seinem Buch las und die Stille von der Küchendecke hing wie eine erstickte Fledermaus.

Sie läuft weiter, die Fußsohlen fangen an zu schmerzen, an den dünnen Stellen der Haut rinnt Blut heraus. Man muss einfach schnell sein und all diese Gedanken, diese Erinnerungen mit der Maßlosigkeit der Gegenwart abtöten.

Ein Mal, ein einziges Mal zuvor hatte sich Martha lebendig gefühlt. Was für eine Lüge, Tag für Tag bin ich lebendig!, schnaubt sie, ist sich aber nicht sicher. Sie wacht auf, frühstückt und geht zur Arbeit. Sie unterrichtet, die Kinder lernen schlecht die Addition, sind schön und lachen heimlich. Martha liebt sie.

Liebt sie sie?

Es gibt keine Definition, auf die sie sich berufen kann, keine Lehre. Nur das dumme, in der Brust hämmernde Herz.

Jetzt könnte sie verschwinden, dann müsste sie sich wegen nichts mehr grämen. Nie mehr Sorgen um das wenige Essen, darum, dass nächste Woche die Seife ausgehen wird und danach das Mehl. Kein Brennholzholen mehr am Ufer, bis auf die Knochen nass, keine zerschlissenen Kleider, die man jahrelang tragen muss, obwohl man lieber nackt herumlaufen würde, in einer Haut, die heil ist. Nicht die ewigen Bitten, Wünsche und Bedürfnisse der Schulkinder, nicht Berts lautloser Vorwurf aus der Zimmerecke –

Fort von hier.

Fort vom Pflanzen von Blumen, die nicht wachsen, von Gemüse, das voller Larven ist, und dann der Kartoffelacker, das ewige kümmerliche Wurzelgemüse.

Sie könnte verschwinden, hierbleiben.

Aber die Füße gehen weiter.

Der Weg schwankt, der Nacken ist heiß, und *bald ist alles vorbei* –

Wie leer der Bauch ist!

Plötzlich hat Martha das Gefühl, einen Ochsen essen zu können, mit Schwanz und allem Drum und Dran, jawohl: Sie hat einen brüllenden Hunger, als sie endlich zur Siedlung hinunterkommt, die so ausgestorben ist wie der Himmel der Seeräuber.

Martha öffnet die Tür ihres Hauses, obwohl sie weiß, dass es leer ist. Sie geht ins Schlafzimmer, das Bett ist leer, sie setzt sich auf den Rand und lauscht der Stille. In die Stille tropfen die Laute, die in dem Zimmer geäußert wurden, Wörter, die verheimlicht wurden, in diesem Zimmer hat es Lust gegeben.

Das Buch auf dem Nachttisch ist auf Seite zweiundfünfzig aufgeschlagen, seit vielen Tagen.

Aber dieser Hunger.

Wie sehr möchte Martha essen, gefüllte Seeschwalbe und den knusprigen Rand eines Apfelkuchens. Gesalzenen Fisch, sie erinnert sich an die Tage: die Tage am Anfang, als alles nach Zucker und Schweiß schmeckte, sie fühlten den Körper des anderen und füllten ihn. Sie spürten die Fingerspitzen und deren Funken, den Hals, den Nacken, die Knie. Sie erinnert sich an die Nächte.

Die Dunkelheit senkte sich früh und schluckte sie beide, und so war es gut.

Sie steht auf, geht in die Küche und macht die Tür zur Speisekammer auf. Die Kekse sind trocken, sie stopft sich den Mund damit voll, greift nach einem rohen Ei und zerbricht es in der Hand.

Wo sind die anderen?

Was sollte sie tun?

Der Hund leckt den Boden ab, schmeckt das Faulige des Eigelbs und das Glitschige des Eiweißes – wenigstens hat sie den Hund.

Sie hat den Wandteppich, den sie nach dem Hochzeitsfest an die Wand hängte, sie hätte es lieber nicht getan, aber so gehörte es sich. Plötzlich kommt es ihr vor, als setze sich das ganze Leben aus solchen Dingen zusammen: die sie getan hat, obwohl sie es nicht wollte, aber was hätte sie denn gewollt? Welche Taten hätte sie gewählt?

Sie nimmt den Teppich von der Wand, breitet ihn auf dem Fußboden aus und legt sich darauf.

Die Erde schwankt und ist dann ganz still.

Martha steht vom Teppich auf und geht nach draußen.

Sie sucht nach Zeichen von Menschen, klopft an Türen und reißt sie in ihren verzogenen Rahmen auf. Aber in den Häusern ist niemand. Sie versteht den Trost der menschlichen Stimme, wessen auch immer, jetzt, da er fehlt.

Die Tische stehen einsam da, die Herde schmachten in ihrer Schwärze, wie vor Jahren verlassen.

So fällt also die Welt aus den Angeln, denkt sie, *ganz plötzlich, und ihre Bestandteile gehören nicht zusammen.*

Am anderen Ende der Mittelstraße gibt sie auf und geht nach Hause zurück. Sie ist schon fast angekommen, auf der Höhe des Nachbarhauses, als sie stehen bleibt, um das Haus zu betrachten, und sieht, dass es dunkel ist wie die anderen.

Oder nein: dunkler.

Sie tritt ein und berührt ihr Gesicht. Sie ist noch lebendig. Sie dürfte nicht in diesem Haus sein, denn hier sieht sie, was nicht mehr da ist, die Spuren vom Essen, wie der Junge langsam die Gabel hinlegte und feststellte: *Das ist jetzt nun mal so ein Tag*. Tropfen rinnen Martha übers Gesicht, obwohl sie geglaubt hat, längst alle Tränen aufgebraucht zu haben.

Sie hat welche dazubekommen.

Sie geht weiter hinein und will etwas kaputt machen, mit Geschirr werfen und das Zersplittern spüren, den Blumenstrauß zerquetschen, den man ihr zuerst gab und der dann davongeschleudert wurde.

In der Küche öffnet sie die Tür zur Speisekammer und entdeckt zehn Blechdosen. Sie nimmt sie heraus. Sie sucht den Öffner, untersucht Schubladen und Schränke, *soll ich die etwa mit den Zähnen aufmachen*, denkt sie und greift nach einem Messer. Damit schlägt sie die Dosen auf, es tut im Handgelenk weh, aber den Schmerz fürchtet sie nicht.

Tote Fische.

Krebse ohne Scheren.

Sie trägt die Dosen ins Schlafzimmer, hebt die Bettdecke an und kippt den Inhalt der Dosen, einen nach dem anderen, aufs weiße Laken.

Der graue, feuchte Fleck ist wie ein wahrer Albtraum. Martha riecht es, die Schuppen und das Meer und das Meerestier, und Übelkeit steigt ihr in den Rachen. Sie prustet und spuckt Schaum und etwas Galle, mehr kommt nicht heraus – aber das reicht, es ist herrlich, es herauszubekommen, die Übelkeit, die sich in gelben und weißen Punkten über dem Haufen ausbreitet und dem ganzen Arrangement eine neue Färbung verleiht.

Bevor sie geht, legt Martha die Decke aufs Bett, und alles darunter bleibt verborgen.

ACHT

England, Oktober 1961

LARS

Ab einem bestimmten Punkt hat die Größe des Abstands keine Bedeutung mehr. Die Sehnsucht ist dieselbe in fünf- oder sechstausend Kilometer Entfernung, sie ist maßlos, ein kleines Wort. Glauben sie, dass ich tot bin? Vielleicht bin ich ja tot und neugeboren, obwohl ich dieselbe Haut trage, mit derselben Lunge atme, durch die einmal von Seeschwalben durchkreuzte Luft geströmt ist.

Der Alltag: Er bildet sich hier, in dem grünen Haus am kalten Meer. Der Alltag und alles, was sich darin verbirgt, Wörter, die im Hals stecken bleiben, Träume, die nachts an die rostigen Tore im Innern klopfen. Sie werden mitgeschleift, wirken sich darauf aus, wie du vom Bett aufstehst, Wasser aus dem Hahn laufen lässt, die Zeitung aufschlägst und die Handfläche darauflegst, um die abfärbende Wärme der Druckerschwärze zu spüren.

Diesen Tag, der anfängt wie alle anderen Tage. Aber nie von Neuem.

Es ist Samstag, der Morgen nach dem Fest. Ich koche Tee, als Yvonne in die Küche kommt. Sie trägt das rote Nachthemd, das mit der schwarzen Spitze, und sie ist barfuß, trotz des kalten Fußbodens. Sie macht Tanzschritte um den Tisch herum, schaut mich an und fragt: »War ich gestern nicht schön?« Und ich sage: »Natürlich, du bist immer schön«, und das stimmt ja auch. Aber es stimmt auch, dass Schönheit Hässlichkeit enthalten kann, etwas wie Verzweiflung.

Yvonne kommt zu mir und schlingt von hinten die Arme um mich. Ich rieche an ihr das Getränk von gestern und das mit Schweiß vermischte Parfüm, bevor sie von mir ablässt, sich hinsetzt und erschöpft auf den Tisch stützt.

Was tut sie hier, in dieser Küche? Warum ist sie in dem Nachthemd mit den Spitzen bei mir, wo sie doch überall sein könnte, bei jedem anderen?

Aber man muss aufhören, über Wahrscheinlichkeiten nachzudenken, man muss an den Tee denken, an die Marmelade, die in ihrem Glas süß ist und klebrig, wenn man sie berührt.

Ich reiche Yvonne eine leere Tasse. Sie greift nach der Milchkanne und gießt Milch in die Tasse, zerstreut und zu viel. Runzelt dann die Stirn, so wie sie es oft tut, und sagt: »Lars, wusstest du, dass es kein Weiß gibt?«

»Das wusste ich. Wir sehen es nur.«

»Und es gibt auch keine blauen Rosen.«

»Nein, nicht bevor sie mit den Tränen von liebeskranken Fischen gefärbt werden«, antworte ich und gieße ihr Tee ein.

Jetzt lächelt sie matt. »Ja … Es steckt Trauer in ihnen. Warum soll die jemand wollen?«

Ich weiß nicht, worauf sie hinauswill.

»Yvonne, worauf willst du hinaus?«

»Wieso? Haben wir keinen Kaffee?«, fragt sie mit einer Stimme, die knarrt wie die Tür zum Blumenladen, der in der Stadt zurückgeblieben ist.

»Du hast alles getrunken.«

»Tee hilft nicht gegen Kopfschmerzen.«

»Warum hast du dann welchen im Haus?«

»Warum hast du *so eine* im Haus?«, sagt sie und deutet auf sich.

Ich könnte überall sein, aber ich bin hier.

An dem Tag kam auf Tristan Sturm auf.

Am Morgen hatten wir zum klarblauen Himmel gespäht und den Gong geschlagen, zum Zeichen, dass ein Tag zum Fischen ist, aber dicke dunkle Wolken warteten versteckt hinter dem Berg wie eine Armee, die ein geschickter Stratege aufgestellt hatte. Als der Sturm dann kam, waren wir noch nicht sehr weit vom Ufer entfernt, aber wenn der Wind aus der richtigen Richtung angreift, ist es unmöglich, an Land zurückzukehren: als würde man versuchen, sich in Stein hineinzudrücken.

Das Unmögliche muss trotzdem versucht werden, wenn man auf einer Insel wohnt, also versuchten wir es, ruderten mit allem Können und allem Grimm, der uns von unseren Vorfahren in die Adern geflossen war.

Es war hoffnungslos, aber das durfte man keine Sekunde lang denken. Und ich dachte es auch nicht, ich handelte nur, und als ich sah, wie Paul vor mir schwankte und nahe daran war, über Bord zu gehen, streckte ich die Hand aus und packte ihn am Hemd. Ich schaffte es, ihn im Boot zu halten, aber dabei musste ich aufstehen, und genau da geriet das Boot erneut bedrohlich ins Schaukeln.

Schon war ich im Wasser. Nicht zum ersten Mal, auch nicht zum zweiten, es war ein vertrauter, strudelnder Schoß. Aber nie zuvor hatte ich geglaubt, drin zu bleiben, kein einziges Mal zuvor hatte ich daran gezweifelt, wieder Sand unter den Fußsohlen zu spüren oder die kratzende Hand des Windes im Gesicht.

Jetzt zweifelte ich. Ich dachte: Und wenn ich hierbliebe? Nie mehr Sorgen, die Netze ewig verknotet, nie mehr Morgen, an denen einem vor dem Haus bloß Kälte und Nebel, der bis ins Innere einsickert, entgegenschlagen.

Ich sah meine Leiche: am Ufer, während der Junge den Weg herabkommt.

Ich sah seinen Blick, als er begreift, dass es mich nicht mehr gibt.

Das Wasser umschlang mich, die Strudel rissen mich hinab. Aber der Blick des Jungen zog mich hoch, und plötzlich war dies das einzige Bild, mein einziger Gedanke: *nach oben*.

Durch die Gischt hindurch sah ich einen Riemen, der sich auf mich zubewegte. Er könnte mich töten oder retten. Mit dem Kopf voran stürzte ich in seine Richtung, genau so, wie man es nicht tun sollte, und als ich dagegen stieß, schnitt mir ein Schmerz in die Schulter, der alles schwarz werden ließ. Die Sterne wurden ausgeknipst.

Und gingen wieder an.

Meine Hand bewegte sich auf den Riemen zu und packte ihn, dann streckte ich die andere Hand aus und griff auch damit zu. Das Holz war glatt, der Schmerz brannte in der Schulter trotz der Kälte, aber es gelang mir dennoch, die Wasseroberfläche zu durchstoßen, und als ich nach Luft schnappte, sah ich, wie vor mir die weiße Flanke des Bootes trieb.

Dann lag ich im Boot und hustete Wasser.

Alles war ein einziges Chaos, die Hände nicht von den Füßen zu unterscheiden. Der Himmel war dunkel, und die Sonne ein Traum aus der Vergangenheit: Einmal hatte ich als Junge zu lange hineingesehen, bis das Meer schwarz wurde, mit gelben Punkten.

Die Dunkelheit kam aus dem Licht.

Das Licht kam aus der Dunkelheit.

Das Boot prallte ans Ufer, und Lises Gesicht beugte sich über mich. Sie legte mir die Hand auf die Stirn, als wollte sie fühlen, ob ich Fieber habe, sie schüttelte mich, wie um mich zum Leben zu erwecken.

»Lise«, sagte ich, »wo hast du die Sonne hingetan?«

Sie lachte, aber das Lachen bestand aus Weinen.

Sie schüttelte mich immer noch, unnötigerweise, ich war wach.

Ich hatte nach dem Riemen gegriffen und das Reich der Krebse hinter mir gelassen.

Samstags gehen wir später zur Arbeit als an den anderen Tagen. Ich mache die Haustür vor zehn Uhr auf, und wir treten auf die orange gestrichene Veranda – die Farbe, die sich Yvonne gewünscht hat.

Unser Zank von vorhin ist abgeklungen, und ich empfinde Stolz, als ich neben ihr hergehe. Das zarte Rot ihrer Haare leuchtet. Sie trägt die in der Stadt gekauften Stiefel, in denen sie an den vom Herbst zerwühlten Gärten vorbeischreitet, vorbei an den in weichem Licht glühenden Fenstern, aus denen mit verschlafenen Augen Kinder lugen.

Auf halbem Weg wendet sie sich mir zu und fragt: »Glaubst du, mein Vater mochte die Blumen gestern?«

»Ich glaube, er mag alles, was du gemacht hast.«

»Ich habe die Blumen nicht gemacht.«

»Stimmt, die Blumen haben dich gemacht.«

»Und die Fische und die Haken dich«, sagt Yvonne und grinst.

»Ja, du solltest dich in Acht nehmen. Ich bin ein Seeungeheuer«, sage ich und stürze mich scherzhaft auf sie.

Sie kreischt und lacht, aber dann verfliegt das Lächeln, und sie fragt: »Wirst du mich noch lange lieben?«

Ich schweige lange.

»Vielleicht bis zum nächsten Frühling«, sage ich schließlich und versuche ihre Hand zu nehmen, aber sie versteckt sie in der Tasche.

Als wir den Laden erreichen, ordne ich die Haken an den Wänden. Yvonne ordnet auf der anderen Seite des Raums die Blumen: Lilien und Hortensien, deren bitterer Duft sich mit den Düften der anderen Blumen mischt und den Raum erobert.

Bis zum nächsten Frühling, hört Yvonne innerlich. Sie weiß, dass es ein Scherz ist, aber liegt nicht in jedem Scherz ein Funken Ernst? Sie sieht den Mann an, der von der einen Hälfte der Welt in die andere Hälfte dieses Raumes gekommen ist, riecht den ewig an ihm haftenden Fisch: den Geruch, den sie zuerst gehasst hat, der aber jetzt Zuhause bedeutet. Sie will auf seine Worte antworten, sich etwas Gewitztes ausdenken, was ihn dazu bringen würde, sich zu ergeben und ihr die ewige Liebe zu schwören, die sie verdient – aber nein, sie mag keine Scherze machen, sie will nur hier sein und ihr Herz beruhigen.

Das jetzt hämmert, denn die Tür knarrt, und es tritt eine Frau ein, eine der zig kleinen Damen des Dorfes, die wie vom Regen zerknittert aussehen.

»Guten Morgen, mein Schatz«, sagt die Frau, und Yvonne reagiert, indem sie die Erfreute spielt.

Ich sehe diese beiden Frauen, höre dem auf- und absteigenden Rhythmus ihrer Sätze zu und merke, dass ich auf der Insel bin. Ich bin wieder auf der Insel und denke an den Jungen.

Ich brachte ihm das Schwimmen bei, wusste nicht, an welchem Punkt man loslassen musste. Ich brachte ihm bei, zu rudern und die Bewegungen des Wassers zu lesen, die Launen des Windes und der Fischschwärme, aber der Junge war zu klein. Zu groß. Wenn er schwamm, bewegten sich seine Gliedmaßen plump, und ich wollte wegschauen: die hilflosen Arme und Beine, die nicht verstanden, dass sie zum selben Körper gehörten. Ich wollte helfen, ihm beibringen, die Netze einzuholen und Bäume zu pflanzen, aber ich schaute weg, und der Junge blieb im Garten, die Hände in der Erde, am Ufer, die Füße im Sand. Die Zehen müssen gewaschen werden. Man muss die Haare säubern und sicher unter der Decke die Liebe verstecken, die einen schönen Weg entlanggeht, direkt auf den Betrug zu.

Ich erinnere mich an die Gesichter, die er gemacht hat, an alle seine Gesichter.

Sie müssen überdeckt werden.

Mit oranger Farbe.

Yvonne wickelt den Verkauf ab, gibt das Wechselgeld heraus und schaut mich an wie einen Fremden.

Vielleicht sollte ich sie ans Meer mitnehmen.

Ich würde sie zum Atlantik mitnehmen und ihr meine Route zeigen, zulassen, dass sie gegen die Wände geschleudert und ihr so übel würde, wie mir übel gewesen war, ich erkannte meinen Schmerz nicht mehr und wusste keinen Namen für ihn.

Ich sprach von Schiffen. Von Haken. Von Takelwerk und Rahsegeln, denn darüber wusste ich etwas, denn so war es leichter.

Und warum ist nichts genug, nimmt nichts die Sehnsucht weg? Warum ist die Insel in meinen Träumen grüner denn je, warum die Vögel dicker als die geschwollenen Früchte im Spätsommer?

Warum wallt im Inneren die Leere?

»Jetzt kannst du anfangen, dir wieder den Magen zu füllen«, sagt der Schiffskoch zum Schiffbrüchigen, »aber sei vorsichtig.«

Diejenigen, die zu schnell essen, sterben.

Später schließen wir den Laden, kehren nach Hause zurück und machen das Abendessen.

Ich schneide Karotten in Scheiben, es werden dünne Sonnen, die ich in brutzelndes Fett werfe.

Die Frau war so allein.

Die Frau war so schön.

Sie trug die Trauer wie einen Eimer abgestandenes Wasser, und ich wollte sie ihr abnehmen.

Ich will raus aus dem Bild, ich will es mir aus dem Kopf schlagen, und so habe ich es auch getan, ich bin geflohen und habe es mit einem neuen, glänzenden überdeckt, mit dem Bild der verzeihenden Liebe.

Yvonne ist Rot und Grün, Durcheinander und Ordnung; sie bindet Blumen, obwohl sie selbst nichts anderes will, als frei zu sein.

Jetzt bückt sie sich, nimmt eine Auflaufform aus dem Schrank und hält sie sich vors Gesicht. Richtet den Blick darauf wie ein Kind, das gerade die Augen geöffnet hat.

»Die hat einen Sprung«, sagt sie und knallt die Form auf den Tisch.

In der Nacht wird der Satz in meinem Kopf ständig wiederholt, und ich finde keinen Schlaf.

NEUN

Tristan da Cunha, Oktober 1961

JON

Ich finde keinen Schlaf. Ich lasse ihn nicht zu mir.

Der Mond schimmert am Himmel wie ein selbstleuchtendes Tier, als ich zur Schule komme und durchs Fenster schaue.

Ich öffne die Tür, gehe durch den Gang in die Klasse, wo die Pulte leer sind, der Stuhl der Lehrerin ist leer, und die Karte wartete heruntergelassen auf ihren Blick.

Sie ist nicht hier.

Ich gehe den Weg weiter nach unten, und bald sehe ich die weiß verputzten Wände der Kirche. Drinnen sehe ich die Orgel auf ihrem Podest schlummern, die Gesangbücher auf den Bänken ruhen wie vergessene Betende.

Ist sie hier?

In der Sakristei versteckt?

Sie geht nie in die Kirche.

Ich muss noch weiter nach unten gehen, bis ins Dorf, auch wenn ich Angst habe, und sie finden, denn Bert hat sie nicht gefunden. Bert kam allein zum Kartoffelacker, setzte sich auf die Mauer und ließ den Kopf hängen.

Es wurde Nacht, die Erde beruhigte sich, als hätte sie das verstanden, und die Geschichten endeten. Mutter befahl mir, zu schlafen, drückte mich an sich und wiegte mich, und als sie endlich einschlief, löste ich mich langsam aus ihrem Griff. Ich kam los, schlich an den Hütteneingang und blickte hinter mich. Die Haare meiner Mutter sahen aus wie silberner, glänzender Faden.

Jetzt erreiche ich den Rand des Dorfs, ich mache halt und fühle ein Grauen.

Die Häuser sind leer und dunkel wie Höhlen. Nur in einem Fenster brennt Licht: Es ist ihr Fenster.

Was tut sie, korrigiert sie Schularbeiten, sitzt sie da und trinkt heißes Wasser mit Honig? Was tut sie hier, in diesem Dorf ist es gefährlich – *Martha!*

Man darf hier nicht sein.

Man muss sich in Sicherheit bringen, in die Schule gehen oder in die Kirche oder zum Kartoffelacker, weg von hier, nach oben, höher als die Sterne, die einem in den Nacken prasseln.

Ich gehe auf das Haus zu, und da höre ich andere Schritte.

Ich höre ein Keuchen, ducke mich hinter der Hofmauer und sehe, wie ein Schatten ins Licht tritt.

BERT

Der Mann tritt in den Hof, an die Tür seines Hauses.

Mit dem Recht, das er erworben hat, indem er Bimsstein auf Bimsstein setzte, tritt er ein. Er hat diese Wände erbaut, dieses Leben so geschliffen, dass die Teile perfekt zusammenpassen, was sonst: Die Teile sind zerbrochen.

Die Möbel warten auf ihre leise Zerstörung.

Eine Bodendiele knarrt unter dem Fuß, das Geräusch gleicht einem Ausrufezeichen im Dunkeln.

Die Frau hört es. Sie kommt und ist unversehrt.

Der Mann geht auf die Frau zu, die Frau auf den Mann, der nach Feuer und Keller riecht.

Näher, noch näher, sodass die Grenzen nicht mehr trennen, und plötzlich sind zwei fremde Länder doch ein verschmolzenes Königreich, dessen Himmel entlang der Erde den Horizont schmelzen lässt.

Die Zeit verschwindet in den Uhren, der Schwan am Himmel, die Körper gehen ineinander ein, als wären sie nie fort gewesen. Geübt finden die Hände ihre Route, die Frau findet Wege am Mann, und der Mann verrückt Dinge an der Frau, Freude, Trauer, Schafwolle.

Sie umschlingen sich und bilden eine neue Mischung.

Eine neue Substanz.

Später sind sie müde, die Haut ist müde, weil sie zuerst so weit weg war und dann wieder hier. Die Lider fallen zu, die Beine krümmen sich wie erschrockene Vögel.

Bert streicht über Marthas Haar. Er schließt die Augen und sagt: »Wir müssen gehen.«

»Wohin? Wir sind zu Hause.«

»Hast du keine Angst?«

»Nein. Lass uns hierbleiben.«

»Also gut. Bleiben wir hier«, sagt Bert und lauscht auf Marthas Atem, der den Raum erfüllt, der die Welt erfüllt, durch die sie in die Dunkelheit stürzen.

So ist es, tot zu sein, denkt der Mann.

So fühlt man sich, wenn man glücklich ist, denkt der Mann, öffnet die Augen und sieht die Sterne vor dem Fenster pulsieren wie aus Licht geschnitzte Medusen.

JON

Ich stehe in Marthas Garten und lehne mich an den Stamm des Pfirsichbaums. Er ist gleichzeitig kalt und heiß. Drinnen sehe ich zwei Gestalten: einen weichen Frauenkörper und einen Männerkörper mit scharfen Rändern, und sie nähern sich einander. Bald kann man sie nicht mehr voneinander unterscheiden, obwohl sie verschieden sind, so vollkommen, dass schwer zu begreifen ist, wie sie zusammenfinden.

Meine Wangen werden rot, als wäre plötzlich das Fieber gestiegen.

Ich gehe weg, komme an mein eigenes Haus, sehe, dass die Tür offen steht.

Warum ist sie offen, wo wir sie doch bestimmt zugemacht haben?

Mutter machte sie zu, lächelte gezwungen und sagte: »Jetzt kann die Lava das Sofa nicht erobern.«

Sie drückte mich an sich wie sonst auch, aber ich wollte nicht neben ihr schlafen. Ihr Atem kam durch eine dicke Schicht, und ich war wütend: Warum hat sie Vater weggehen lassen, warum hat sie die Fleischbrühe überschwappen und dann einfach auf dem Tisch zurückgelassen?

Manchmal habe ich geglaubt, in einem Buch Mutters Gedanken zu lesen. Alles in diesem Haus war vertraut, ich wusste, wo jeder Gegenstand hingehört und wie sich die Staubkörnchen in jedem Raum niederlassen.

Aber jetzt bin ich in einem fremden Haus, und in der Luft liegt ein seltsamer Geruch. Es ist ein anderer Geruch als draußen, nicht der nach faulem Vogelei, sondern nach faulem Fisch, nach langsam erstickten Krebsen oder nach Rache, die lange gegärt hat.

Der Geruch kommt nicht aus der Küche und nicht aus meinem Zimmer, aber als ich Mutters Zimmer betrete, schlägt mir der Gestank mit aller Kraft entgegen. Alles sieht normal aus: Auf dem Nachttisch steht das Wasserglas, die Vorhänge hängen so, wie Mutter sie nach dem Aufwachen anordnet, das Bett ist gemacht, und das Kopfkissen wartet an seinem Platz auf das vertraute Gewicht.

Aber als ich näher herangehe, sehe ich auf der Bettdecke, genau in der Mitte, einen großen Fleck.

Er ist kalt.

Feucht.

Langsam hebe ich die Decke an, und meine Augen fangen an zu tränen. Alles sieht grau aus oder ist es wirklich, verschiedene Grautöne alles, was im Bett wartet.

Wie ein in Teile zerbissenes Kind.

Das ist mein erster Gedanke: Im Bett ist ein Kind zerbissen worden, ein ganz kleines, wie kriege ich das trocken. Wie bringe ich es zum Atmen, wenn ihm die Lunge fehlt? Wie findet man in diesem Haufen das Herz oder die Finger, und warum ist alles, einfach alles so grau und kaputt?

Ich spüre die Verzweiflung als Masse im Hals. Die Masse schwillt an, als ich ein Geräusch höre, ein Rascheln auf dem Fußboden, und da sehe ich ein dunkles Wesen ins Zimmer rennen. Es springt aufs Bett, schnuppert an dem Durcheinander auf dem Laken und fängt an zu fressen.

Das Geräusch ist schrecklich. Für einen Moment weiß ich

nicht, wer ich bin. Dann sehe ich, was das Wesen ist, ich erinnere mich an meine Hand an seinem weichen Ohr. Ich zerre es auf den Fußboden, und es knurrt und zeigt seine gelben Zähne.

Setzt sich aber trotzdem neben das Bett, jault und schaut mich an.

»Wir gehen jetzt weg von hier«, sage ich, und es springt auf und leckt sich über die von Schuppen gesprenkelten Lippen.

MARTHA

Der Morgen geht auf.

Martha erwacht, sieht sich wie von außen und kann nicht glauben, dass das Leben wahr ist. Dennoch fühlt sich die Bettdecke nach Bettdecke an, das Kissen nach Kissen, das Laken feucht am Rücken.

Sie lässt Bert schlafen und geht in die Küche, schaut auf die blau gestrichenen Wände dort, auf all das Alltägliche um sich herum wie auf etwas Neues. Sie erinnert sich an den Geruch der Farbe, wie langsam sie trocknete und in hartnäckigen Streifen am Fell des Hundes hängen blieb, als wäre der Hund über den Himmel gerannt – sie erinnert sich an den Hund.

Öffnet die Haustür und ruft, aber der Hund kommt nicht.

Die Lava hat haltgemacht.

Sie ruht sich irgendwo dort oben aus, dort wo Martha die Schuhe ausgezogen und die Schafe gesehen hat …

Sie lässt die Tür offen. Sie hat die Angewohnheit, das zu tun, sie hat die Angewohnheit, die Hand in die Kaffeebohnen zu schieben, heimlich morgens, selbst wenn sie gar nicht vorhat, Kaffee zu kochen.

»Der Hund wird schon wiederkommen«, hört sie einen Mann sagen und erschrickt.

»Der kann gar nicht anders«, sagt Bert, und Martha dreht sich um und sieht, wie alles Nächtliche zwischen ihnen weg ist.

»Ich weiß nicht«, sagt sie. »Was können wir nicht alles, wenn niemand hinschaut?«

»Martha«, sagt Bert, »wir werden das überleben. Alles wird überleben.«

»Das kann niemand wissen.«

»Ich weiß es. Diese Insel fügt uns keinen Schaden zu. Sie liebt uns.«

»Sie kann nicht lieben. Sie ist ein Ort«, sagt Martha und geht in die Kammer, holt die Kaffeedose heraus und schlägt damit auf den Tisch.

»Aber kein gewöhnlicher Ort.«

Martha öffnet den Deckel und sieht, dass so wenige Bohnen in der Dose sind, dass der Boden kaum bedeckt ist.

Dann schaut sie Bert an und sieht ihn zum ersten Mal an diesem Morgen, vielleicht überhaupt. Und weiß dennoch nicht, wer er ist.

Warum folgt ihr der Mann, lässt sie aber gleichzeitig allein?

Martha bekommt keine Luft, sie lässt die Dose los und geht nach draußen. Im Hof schlägt ihr wieder der Geruch entgegen, er ist vertraut, aber fremd, an der falschen Stelle; er ist überall und erinnert Martha an etwas, daran, wie sie einmal Pinguineier auf der Fensterbank vergaß. Warum ließ sie die dort liegen, den Geruch sich ausbreiten und sich in den Kleidern festsetzen? Warum unternahm sie nichts?

Sie blickt zum Hang hinauf, an dem sich der Weg zum Kartoffelacker hinaufschlängelt. Der Weg schlängelt sich herunter, und es bewegen sich kleine Punkte darauf. Sie bilden einen schwarzen Wurm, der auf das Dorf zukriecht.

Martha legt eine Hand auf ihren Brustkorb und befühlt die Rippen: Sie sind, wo sie hingehören.

Das verliere ich nicht, aber etwas muss verloren gehen, denkt sie, weiß sie eigentlich schon.

JON

Oberhalb des Dorfes, in der Nähe der Zigeunerschlucht, gibt es zwei Wasserfälle. Man sagt, zwischen ihnen, oben an der Quelle, liegt ein Schatz: Thomas Curries Kupferkessel, gefüllt mit Goldmünzen.

Thomas war einer der drei ersten Inselbewohner. Als die beiden anderen Männer starben, blieb Thomas allein auf der Insel, langweilte sich, trank alle Flaschen leer und wartete auf Schiffe, die neue bringen würden.

Ab und zu landete er zum Saufen auf Schiffen. Er trank zu viel und prahlte vor den Besatzungen mit den Münzen, die er auf der Insel versteckt hatte, aber nie war er so betrunken, dass er verraten hätte, wo sich der Schatz befand.

Eines Tages trug der Rum dann doch den Sieg über den Mann davon. Thomas fiel aufs Deck und lag im Sterben.

»Wo finden wir den Schatz?«, erkundigte sich die Besatzung.

»Die Wasserfä–«, konnte Thomas noch sagen, und das waren seine letzten Worte auf der Welt.

Die Besatzung suchte den Schatz, fand ihn aber nicht, und auch niemand sonst hat ihn bis auf den heutigen Tag gefunden – oder bis auf die heutige Nacht, auf diese kaltheiße und feuchte Nacht, in der die Kleider nass werden und an der Haut kleben.

Zum Glück ist der Hund hier, sein weiches Fell, an das man sich drücken kann: hier im Versteck, in der Grube oder halb überdachten Höhle, an der ich gegraben habe.

Man sagt, Thomas Currie habe die anderen beiden Bewohner umgebracht und dann behauptet, sie wären ertrunken.

»Beim Fischen.«

Praktisch.

Aber eines Tages wird mein Spaten gegen den Kessel stoßen, und die Münzen gehören mir. Dann tue ich, was ich will. Ziehe über alle Kontinente und kann mit meinen Münzen überall bezahlen, und man nimmt mich auf wie einen lange erwarteten Gast. Wenn ich zurückkomme, bringe ich meiner Mutter etwas aus jedem Winkel der Welt mit. Parfüms und Rosen, Dornen für die Mutter, die noch einmal mit vor Stolz und Erleichterung geschwellter Brust am Ufer wartet.

Oder aber der Spaten stößt auf Knochen, auf das, was übrig bleibt, wenn man einen Freund betrügt, wenn der Freund die Macht will, aber mit der Macht allein bleibt.

Ein Kaiser allein auf seiner Insel, nur mit einem Hund, dem er Befehle erteilen kann.

MARTHA

Die Dorfbewohner kommen auf Martha zu: zu Fuß, mit Karren kommen die Menschen an, sie haben schlecht geschlafen. Sie sehen Bert und Martha vor ihrem Haus stehen, als wäre alles wie zuvor.

»Warum seid ihr hier?«

»Habt ihr wirklich hier geschlafen?«

»Habt ihr Jon gesehen?«

»Jon«, sagt Martha, weil sie nicht weiß, worauf sie antworten soll. »Er ist nicht hier.«

In dem Moment sieht sie eine Frau, die sich beeilt, die Tür des Nachbarhauses zu öffnen, um nachzusehen, ob der Junge in der Küche liest oder in die Bettdecke gewickelt in seinem Zimmer.

In Sicherheit, in diesem verschmutzten Haus.

Aber die Frau kommt wieder heraus und bricht zusammen. Sie weint und schreit, denn das kann sie am besten, und weil Jon ihr Ein und Alles ist – *jedenfalls tut sie so*, denkt Martha und erschrickt über ihre eigene Kälte.

»Beruhige dich, wir schicken jemanden los, um nach ihm zu suchen«, sagt jemand zu der Frau.

»Wir werden ihn schon finden, er kann nicht weit sein«, sagt ein anderer und klopft der Frau auf die Schulter.

Aber die Frau beruhigt sich nicht, sie heult, bis man sie wegbringt, damit sie sich setzt, warum kann sie nicht einfach still sein und still annehmen, was das Leben bringt. Martha mag ihr nicht zuhören. Sie weiß, dass Weinen jetzt nicht hilft und auch kein Schulterklopfen, denn jetzt muss gehandelt werden.

Sie wendet sich der Menschenmenge zu und sucht David.

»Mein Hund ist verschwunden«, sagt sie, und Davids Blick erwidert: *Na und? Bei all dem, was hier los ist.*

Martha fährt fort: »Vielleicht ist er bei dem Jungen? Sie kennen sich, spielen manchmal zusammen. Ich muss mich auf die Suche machen.«

»Du?«, wundert sich David, kommt aber nicht dazu, sich dem Gedanken zu widersetzen, weil das eine Stimme hinter ihm übernimmt.

»Kommt nicht infrage«, sagt die Stimme, »Martha geht da nicht hin.«

Jetzt wundert sich Martha, denn der Sprecher ist Bert.

»Aber ich kann gehen«, bietet Bert an, und David schaut von dem Mann zu dessen Frau und von der Frau zu deren Mann und nickt dann.

»Also gut, aber geh nicht allein. Jemand muss mitkommen.« David blickt sich nach einer geeigneten Person um.

Auch Martha blickt sich um und sieht ihren Bruder, und sie sieht die Absicht ihres Bruders – *NEIN, NEIN*, ruft Martha, aber nur im Innern ihres Kopfes.

Sam hebt die Hand wie ein folgsamer Schüler.

»Sam geht mit«, sagt David, »aber seid vorsichtig. Die Lage kann sich schnell ändern, und alle müssen sicher weggebracht werden.«

»Weg?«, ruft Martha so laut aus, dass sich die Blicke auf sie richten – Blicke, die sagen: *Die weiß es noch nicht.*

»Ja. Hier kann man nicht bleiben.«

»Wo gehen wir denn hin?«, fragt Martha.

»In Sicherheit«, antwortet David und wendet sich ohne weitere Erklärung an Bert und Sam. »Kommt vor Mittag zurück. Dann rüsten wir zum Aufbruch.«

Die Männer nicken, und Martha sieht das Entsetzen in Berts Augen; sie sieht den Trotz, der in Sam wächst, denn Sam ist jung und glaubt, er werde nie sterben.

Dann schaut Martha aufs Meer, dessen Diamanten sich getrübt haben.

Der dunkle Rand des Algengürtels flimmert.

Aber hinter dem Rand, hart und fest, treiben zwei weiße Punkte.

JON

Als ich am Aufwachen bin und noch halb im weichen Schlaf liege, seufze ich vor Erleichterung. Es war bloß ein Traum. Aber als ich die Augen öffne, blendet mich alles: die Unwiderruflichkeit, der vergangene Tag, den man nicht wegwischen kann.

Die Reihenfolge der Ereignisse kann man nicht ändern.

Die Brühe auf dem Tisch ist getrocknet, das Graue hat sich ins Laken gefressen, und die Umrisse haben sich im Fenster abgezeichnet, und ich habe keine Ahnung, wie viel Zeit vergangen ist.

Draußen herrscht ein stumpfes Licht, das nur sagt, dass es nicht Nacht ist.

Der Hund ist verschwunden.

Ich rufe nach ihm, aber er ist weg.

Ich schaue aufs Meer, und da weiß ich, dass auch die anderen weg sind: Hinter dem Schatten des Algenteppichs sieht man zwei schrumpfende Boote.

Die *Tristania* und die *Violetta*.

Sie sind mir von klein auf vertraut, zweite Heimaten, Fischheimaten, auf deren Decks ich durfte, obwohl meine Mutter dagegen war. Sie stand vor dem Haus und schmollte, *pass auf, dass dem Jungen nichts passiert*. Mein Vater nahm mich mit und zeigte mir, wie man die Fische in den Tod heraufzieht, eine riesige silberne Menge von ihnen kam hoch.

Jetzt fahren diese beiden Boote davon und nehmen alles mit, und das zu verstehen, ist wie ein Faustschlag in den Magen. Ich bin allein hier.

Ich bin nicht besonders wichtig.

Sie haben Sachen mitgenommen, das Bootsmodell, die Ochsenhörner mit den Gravierungen und den Schmuck von Großmutter ... Den ausgefallenen Zahn in der kleinen Holzschachtel.

Die sind wichtig, wichtiger als ich.

Aber wir sind Kinder von Wächtern des Kaisers, von Seeräubern und von Walfängern ...

Und wir fürchten uns vor nichts.

ZEHN

Atlantik, Oktober 1961

MARTHA

Auf dem Schiff ist Martha allein.

Der Mittag war näher gerückt, am Tag zuvor, und David hatte gesagt: »Wir fahren jetzt.«

Von den drei Fehlenden war nichts zu sehen und zu hören gewesen.

Widerstand war zwecklos, *wir fahren*, hatte David gesagt, *und kommen später noch einmal hier vorbei.*

Jemand wird kommen, das verspreche ich.

Wir können nicht ihretwegen das Leben aller riskieren.

Widerstand war zwecklos, und Martha glaubte ohnehin, dass die Fehlenden zurückkämen, bevor sich alle auf den Weg gemacht hätten: zu den Fischerbooten, zu denen wiederum mit den kleineren Booten gerudert wurde, in Gruppen von zehn Personen.

Martha hielt sich bis zum Schluss zurück, aber auch nachdem das letzte Boot abgelegt hatte, blieb der Weg zum Ufer leer. Vom Boot aus blickte sie auf die Leere, während ihr die Gischt ins Gesicht spritzte, sie blickte noch hin, als ihr die rostigen Flanken der *Tristania* gegen die Hüfte drückten. Auf dem Deck drängten sich das halbe Dorf, ihr Aufbruch und ihre Trauer – und nur die wichtigsten Gegenstände, denn überflüssiges Gepäck war verboten. Auch die Hunde waren zurückgelassen worden. Martha hörte innerlich das vertraute Kratzen der Krallen.

Sie steuerten Nightingale an, das Reich der Vögel. Dort würden sie sich in den provisorischen Hütten niederlassen, in denen die Männer übernachteten, wenn sie Guano holten – niemals Frauen, obwohl Martha oft versucht hatte, mitzukommen.

Die Vögel schrien wütend, als die Boote anlegten. Die Eindringlinge traten auf glitschige Felsen, fielen hin und beschmutzten sich mit Vogelkot, wischten sich mit schmutzigen Händen die Augen, aus denen salzige Tränen fielen.

Martha streckte die Hand nach ihrer Mutter aus, die nicht weinte und nicht lachte, als Martha ihr in die Hütte half. Die Mutter war müde, lange schon, und das war keine gewöhnliche Müdigkeit, sondern eine, die sich mit den Jahren erhärtet und Teil des Menschen wird, sodass auch die längste Ruhe sie nicht mehr abschaben kann.

Martha lag neben ihrer Mutter und fand keinen Schlaf. Der Sonntag wurde zum Montag, Martha ging hinaus und setzte sich auf einen Stein und schaute aufs Meer, schaute auf den Himmel, den kalte harte Sterne durchlöcherten. Sie konnte nicht glauben, dass sie fort war: anderswo, obwohl die Luft noch immer in dieselbe Lunge strömte, das Blut heiß durch dieselben Bahnen schäumte wie zuvor.

Da saß sie und fror, bis der Himmel hell wurde und die Sterne schluckte. Die Sonne schob ihr goldenes Haupt nach oben, die Vögel erwachten zuckend und fingen an, ihre alltäglichen Dinge zu rufen.

David trat aus seiner Hütte, sah Martha und ging zu ihr.

»Hier sitzt du ganz allein? Du bist ja ganz kalt.«

»Es geht schon«, sagte Martha. »Wenn man bei dem Geschrei nur seine eigenen Gedanken hören könnte.«

»Ja. Wenn es nach dem Geschmack der hiesigen Inselbewohner geht, sind wir ein paar Leute zu viel.«

Martha lächelte.

»Aber eines kann ich sagen«, fuhr David fort, »unser Notruf ist gehört worden. Trotz der Vögel.«

»Wirklich?« Martha hatte geglaubt, sie müssten tagelang auf der Insel ausharren, sodass die Konserven ausgingen und das Töten der Vögel losginge.

»Ja. Zufällig befindet sich in der Nähe ein Schiff. Sie holen uns heute. Es ist ein großes holländisches Passagierschiff, und weil es nur halb besetzt ist, passen wir alle drauf.«

»Da haben wie wohl ziemliches Glück«, sagte Martha.

Vorsehung, sagten die anderen.

Und als das Schiff dann kam, sammelten sie wieder einmal ihre Sachen ein. Sie schlitterten den Uferfelsen hinunter, sodass die über Nacht getrockneten Kleider wieder nass und noch schmutziger wurden, und als sie an das Schiff herankamen, half ihnen die Besatzung übers Fallreep an Deck. Einzeln stiegen sie die steilen Sprossen hinauf, und plötzlich waren sie von Stahl und vielteiligen Masten, die großen Insekten glichen, umgeben.

Martha setzte sich auf eine weiße Bank am Rand des Außendecks, auf die Bank, auf der sie jetzt sitzt und den Kindern zuschaut. Verdutzte Gesichter, Hände, die in den Taschen nach Steinen, Muscheln, irgendetwas Vertrautem tasten. Martha kennt jedes von ihnen.

Und dennoch die Einsamkeit.

Sie kennt ihre Mutter, neben sich, aber was nützt das, wo die Mutter leer ist. Ein Papierschnipsel im Wind.

Und Martha kann keine Entscheidung mehr treffen.

Das Schiff wird sich bald in Bewegung setzen.

LISE

Lise sitzt mit Elide an Deck und umklammert mit den Händen das Hemd ihres Sohnes.

In ihrem dunklen Haar sind graue Strähnen aufgetaucht, und die Furchen in ihrem Gesicht haben sich vertieft. Es ist, als umgäbe sie eine schwarze Hülle, eine, die unter sich die weich fließende Lava verbirgt, am Berghang, irgendwo weit weg, denn für Lise ist nun alles fern und lose.

Aber das Hemd hat sie, und sie glaubt, dass sich alles finden wird, denn etwas anderes kann sie nicht glauben. Es gibt keine andere Möglichkeit.

Als den Jungen zurückzubekommen.

Wie schubsen, denkt Lise – ganz plötzlich, als sie Martha sieht.

Sie sitzt ihr gegenüber und wirkt einsam, aber trotzdem stark. *Sie ist stärker als ich*, denkt Lise, *sie ist stärker als jede andere und kein Mädchen mehr.* Lise sieht Martha, obwohl sie nichts sehen möchte.

Sie möchte sich nicht erinnern, aber auf einmal erinnert sie sich an alles, denn die Müdigkeit trennt den Geist vom Körper. Sie lässt alle Dämme brechen, und Lise erinnert sich:

Sie wusste es wegen der Hände.

Wie die Hände des Mannes rochen. Nach Fisch, so wie immer, aber auch nach etwas anderem.

Nach einem anderen Tier.

Sie wusste, wo er gewesen war, er hatte die überzähligen Fische weggebracht, in viele Häuser, aber vor allem zu Tilda, die nicht für ihre Familie sorgen konnte, die es nicht schaffte. Alle wussten es. Tilda lag auf dem Sofa und wiederholte innerlich ihr verlorenes Leben, das einzige Leben, das sie hatte.

Man brachte ihr Essen, viele taten es.

Lars war nicht der Einzige.

Die Kinder mussten essen, denn die Kinder wurden erwachsen: Der Junge war bereits größer als seine Mutter, und das Mädchen übte sich darin, Lehrerin zu werden, träumte vom Kapitän eines Walfangschiffes, obwohl der Walfang längst aufgehört hatte.

Lise wusste, dass es ein dummer Traum war, aber sie ließ ihn leben.

Sie hatte den Brautstrauß dem Mädchen direkt in die Arme geworfen, hatte es mit Absicht getan, um den anderen Frauen die Träume zu rauben.

Sie wusste, dass sie ein bisschen verrückt war, ein bisschen zu viel liebte, sie wusste, dass man einen Mann wie Lars nicht besitzen konnte, noch weniger als einen anderen. Sie tadelte sich selbst dafür, dass sie ausgerechnet diesen Mann gewählt hatte, der monatelang fort war. Der floh, wenn Lise schlecht war und sich in die Schüssel erbrach und zu denken versuchte, dass es das wert war, dass sie genau das bekommen hatte, was sie wollte, und bald würde sie noch mehr bekommen.

Sie dachte: Ist es so, wenn sich Wünsche erfüllen?

Sie brachte einen Jungen zur Welt. Der Junge ist zuerst klein und weint und dann größer und weint, lacht und spricht kleine Wörter mit kleiner Stimme. Lise trägt ihn in einem Tuch überall hin, denn sie liebt den Jungen mehr, als sie es sich zugetraut hat, überrascht davon, dass in ihr noch so viel Liebe steckt, dass es sie so wenig Mühe kostet, sie weiterzugeben, wie das Atmen.

Sie möchte nicht, dass Lars sich um den Jungen kümmert, denn sie glaubt nicht, dass Lars die Schwäche des kleinen Wesens ertragen würde. Schließlich erträgt er auch Lises Schwäche nicht, sondern lebt einfach weiter, als gäbe es keinen Schmerz.

Er war nicht in ihm, und er verschloss die Augen davor.

Als Lise die Augen schloss – damals, an den schlimmsten Tagen –, kam es ihr so vor, als wäre der Schmerz das Einzige, was es auf der Welt gab oder je geben würde.

Lise weiß, dass in dem Mann Dunkelheit steckt, und ihrem Jungen will sie nur das Licht zeigen. Und der Junge wächst an der Seite seiner Mutter auf und sieht in ihr das Dunkel und das Licht, und seinen Vater sieht der Junge seltener, verschwommener, als wäre von Anfang an klar, dass der Vater verblassen, eines Tages ganz weg sein wird.

Aber manchmal nimmt der Vater den Jungen mit aufs Boot. Dort, auf dem Deck der *Tristania*, sieht der Junge die Fische, die zucken wie sterbende Edelsteine: Die Härte der Fische, ihre glitschige Verzweiflung, ist etwas, woran sich der Junge immer erinnern wird, noch Jahre später wird er es in seinem Körper spüren.

Lise sieht zu, wie der Junge wächst, aber er ist noch klein. Trotzdem einer, der forscht, der im Garten nach Insekten gräbt, am Strand Sand siebt und Muscheln findet, schöne, aber stumme.

Der Junge ist allein, von Anfang an. Und er ist vier Jahre alt an dem Tag, an dem sein Vater in das andere Haus geht, um anderen Kindern Fisch zu bringen.

Das Haus steht am äußersten Rand des Dorfes.

Das Haus steht neben der Konservenfabrik, separat von den anderen Häusern, denn der Mann, der es baute, wollte seine Ruhe haben, wollte Distanz zu den Menschen und den Gerüchten, die sich über die sandigen Straßen des Dorfes schlängeln und zum Fenster hereinklettern.

Auf dem Grundstück wimmelt es von Mäusen, und es wächst Tussock-Gras in Büscheln, die sich müde behaupten. Die Mauer um den Hof herum ist nur eine Unterlage, auf der Moos wächst, und als der Mann, der den Fisch bringt, das in der Mauer hängende Tor öffnet, denkt er, dass man das Grundstück säubern müsste, man müsste die Mäuse töten und die Mauer noch einmal ganz neu errichten – aber wer sollte sie töten, wer die Steine tragen und mauern, wenn niemand darum bittet?

Er klopft an die Tür, niemand kommt. Er öffnet die Tür, die beinahe aus den Angeln fällt, so wie alles in diesem Haus, er tritt ein und sieht, dass der Herd schwarz ist, an den Vorhängen Asche haftet und der Tisch von Krümeln und Flecken übersät ist. Er riecht sauer gewordene Milch und Essensreste in Gefäßen, und er freut sich, dass dies nicht sein Zuhause ist.

Er legt auf den Tisch, was er mitgebracht hat.

Er fragt sich, wo Tilda ist – normalerweise geht Tilda nirgendwo hin, und man kann den Fisch nicht auf dem Tisch liegen lassen, wo er verdirbt.

Da hört er ein Geräusch, ein Poltern in einem der Zimmer. Er klopft an die Tür dieses Zimmers.

»Ja?«

Er tritt ein und nimmt einen anderen Geruch wahr, den von frischer Luft, als wäre gerade das Fenster geschlossen worden. Er riecht den zarten Duft der Frau, das Süßliche, das man noch vergessen könnte; noch könnte er sagen, warum er gekommen ist, kehrtmachen und an seinem Leben festhalten, so wie er es gewohnt ist, aber das tut er nicht.

Die Frau steht am Fenster. Die Frau ist ein Mädchen und traurig und beherrscht die Sprache der Schafe, und sowie er das Mädchen sieht, weiß der Mann, dass er etwas will, was er nicht wollen dürfte. Er weiß es schon lange, er hat versucht, nicht daran zu denken, aber jetzt geht es nicht mehr ums Denken, sondern um den Körper und um den anderen Körper, und er weiß, dass er ein bisschen verrückt ist, denn danach wird nichts mehr sein wie zuvor.

Er geht zu dem Mädchen hin.

Zuerst sieht er alles deutlich, jeden Umriss und die zarten Härchen auf dem Arm. Er sieht, wie das Mädchen nach Leben dürstet, aber nicht vor Durst schreit, weil es keine Wörter dafür kennt, kein Recht dazu empfindet, er sieht, wie sich die Schlüsselbeine unter der Haut des Mädchens abzeichnen wie kleine Schlangenjunge. Sie bewegen sich. Kurz bewegt sich das Leben darin so deutlich, aber dann trübt sich alles ein, und die Eigenschaften des Mädchens, die gerade noch klar ersichtlich und scharf waren, verwandeln sich in eine undeutliche Gestalt, die sich ins Innere des Mannes drängt und dort alles andere hinausschiebt, sodass nur Begehren übrig bleibt.

Er hat das Gefühl, irgendwo weit weg zu sein, weit weg von sich selbst und seinem Leben: auf der Insel, die er einmal vom Schiffsfenster aus zu sehen sich vorstellte, die beim Näherkommen aber nicht mehr da war.

Eine Geisterinsel, so eine hat er in sich.

Nichts dort ist wahr.

Er kann alles tun.

Er legt die Hand auf ein Schlüsselbein und spürt, wie sich das Schlangenjunge bewegt.

Warum schreit das Mädchen nicht, warum wehrt es sich nicht, warum lässt es alles geschehen?

Das hat sich Lise gefragt, immer wieder.

Und dann hat sie es verstanden: *Weil das Mädchen es wollte.*

So beschließt sie es zu verstehen, und sie denkt nicht mehr an Martha als Mädchen – denn sie ist jetzt eine Frau, und Frauen verführen, wollen Männer, die anderen Frauen gehören, und wenn sich die Gelegenheit bietet, nehmen sie sie.

Lise lebt weiter, auch wenn etwas passiert ist, etwas sich verändert hat, sie kann nicht anders als daran denken, denn *sie wusste es wegen der Hände* und wegen des übrigen Körpers und wegen des Bauches des Mädchens, an dem sich eine kleine Wölbung bildete. Oder erwuchs sie aus all diesem Fisch? Lise möchte schreien, obwohl sie nie schreit, sie möchte Geschirr zerschlagen, obwohl sie das nie tut. Sie behält ihre Wut für sich.

Sie lässt sie anschwellen und Tentakel herausbilden, und das vergiftet ihren Tag. Sie benimmt sich merkwürdig ruhig und redet übertrieben höflich, mauert in sich den Gedanken ein, den sie nicht denken will, sondern vergessen, damit man ihn nicht mehr herausbekommt. Eine Zeit lang hält das Gemäuer. Aber dennoch weiß sie, was sie weiß, sie kann den Gedanken nicht herausbrechen und zerstören, aber etwas muss sie zerstören.

Eines Abends, als sie nach dem Abendessen in der Küche sitzt und strickt, spürt sie, wie die Mauer anfängt zu bröckeln.

Sie schaut Lars an, der die gleichen Formen hat wie immer: dieselbe Haut, dieselben Haare, aber innerlich aus einer anderen Substanz besteht. *Lars, als du neulich zu Tilda gegangen bist*, will Lise schon sagen – aber sie tut es dann doch nicht, sie beherrscht sich. Sie strickt weiter und stellt sich vor, ihr Herz zuzustricken, aber damit muss Schluss sein.

Sie erinnert sich an Marthas Bruder.

An den Bruder muss man sich tatsächlich gesondert erinnern, denn er macht kein Aufheben um sich, ist nicht besonders gut aussehend, so wie Martha schön ist, nicht besonders geschickt im Krebsfangen oder im Zusammentreiben der Kühe auf der Weide. Er verschwindet in der Landschaft und in den Tieren anderer Menschen, denkt Lise, und sie denkt, dass Menschen wie Marthas Bruder alles sehen – sie weiß es, denn sie ist selbst so ein Mensch.

Am nächsten Tag packt sie Kartoffeln ein und geht zu Tildas Haus. Sie wartet am Tor, bis die Schule aus ist, und bald sieht sie auch schon, wie Sam sich seinem Zuhause nähert: ein dünner Junge, schmutziges Haar und nach innen gedrehte Füße.

Lise hebt die Hand und winkt. Sam schaut sie verwundert an, sie kommt normalerweise nicht hierher.

Sie reicht ihm die Kartoffeln.

Der Junge nimmt das Bündel, bedankt sich, wendet sich ab, um den Hof zu betreten. Aber da streckt Lise die Hand aus, berührt den knochigen Rücken und sagt: »Hör mal …«

Der Junge erzittert.

»Warst du zufällig neulich daheim, als Lars … hier war?«

»Nein. Soweit ich weiß, nicht«, erwidert der Junge so schnell, dass Lise sicher ist, er lügt.

Der Wind um sie herum legt sich. Sie befinden sich inmitten der Windstille, und wenn sie diese aufnehmen könnten, bekämen sie Trost, sie hätten ihn in den Händen, zwischen sich, aber unmöglich. Lises Wut nimmt zu.

Die Wut steigt von den Fersen bis in die Schultern und fließt von dort in die Hände, und sie möchte zuschlagen, aber wie könnte sie das tun: Es gibt Dinge, die kann man nicht tun.

Bis man sie doch tut.

»Alles klar. Richte deiner Mutter schöne Grüße aus«, sagt

Lise und wendet sich ab, um zu gehen. Dann dreht sie sich noch einmal um und fügt hinzu: »Und deiner Schwester auch.«

Der Junge nickt.

Er wird die Grüße nicht ausrichten, und das weiß die Frau.

Aber der Junge weiß nicht, was die Frau vorhat.

MARTHA

Als sich das Schiff in Bewegung setzt, denkt Martha an die Samen, die das Meer von einer fernen Insel zur anderen befördert.

Sie denkt daran, wie sie einmal mit Bert am Ufer war: am kleinen Strand, von dem aus betrachtet der Himmel immer so aussieht, als würde er sich nahtlos mit dem Meer vereinigen. Der Sand blieb an Ethels nassen Pfoten haften und wurde ins Haus getragen. Das ärgerte Bert. *Hunde stinken*, Martha erinnerte sich an die Worte, an den Tag, an dem sie aus der Kirche getreten waren und wie unter Wasser getanzt hatten, ohne von irgendetwas anderem zu wissen.

Aber jetzt drückten ihnen die Wolken in den Nacken, und sie schauten auf die Wasseroberfläche: auf die Wellen, auf denen braune runde Samen trieben, glatt geschliffen von der langen Reise.

Bert sah die Samen und bückte sich. »Meeresbohnen«, sagte er und hielt die Hand ins Wasser, und als er sie herauszog, lagen darauf ein paar gefangene Samen.

»Aus denen kann man wer weiß was ziehen.«

Sie starrten auf die Samen und dachten an die Orte, von denen sie gekommen waren, an Inseln, auf denen die Bäume Palmen waren und die Vögel rot, und sie dachten daran, was alles aus den Samen werden könnte, wenn sie jemand einpflanzte.

Bert gab sie dem Meer zurück.

Am nächsten Tag, als Martha zum Strand kam, waren sie fort.

Und bald wird auch Martha fort sein, denn das Schiff setzt sich mit einem Ruck in Bewegung, und die Mutter neben ihr rutscht auf die Leere zu.

Martha wünschte, dass ihre Mutter aus eigener Kraft gehen könnte.

Dass Lise hinfallen würde.

Sie wünschte, alles, was auf der Insel verloren gegangen ist, würde zurückkommen und atmen, aber sie weiß, das ist unmöglich, etwas in ihr ist gestorben und nicht zurückgekommen, und *Meeresbohnen* sagte Bert irgendwann viel später, als Martha schon wusste, dass sie nicht wachsen würden, denn die Bohnen waren fremd und der Boden war faul oder trocken oder zerwühlt, und war das denn ihre Schuld.

War es ihre Schuld, dass die Kinder etwas zu essen haben mussten? Dass man ihnen Essen brachte und sie aß, und die Mutter war endlich einmal nicht da, sie holte Mausefallen, und Martha aß und aß, und die Gräten blieben ihr zwischen den Zähnen hängen.

Sie wäre fast erstickt.

Es war nicht ihre Schuld, sie wusste es, aber die Scham war in sie gekommen, um in ihr zu wohnen, wie soll man die wieder wegwischen.

Sie hatte nicht in sich hineingesehen. Sie hatte nicht gewusst, was sie trug, bevor es fort war, *das Meerestier in ihr*, sie war gefallen oder gestürzt, und das Tier war aufs Trockene geraten. Sie hätte es nicht tun sollen, so vieles hätte sie nicht tun sollen, und trotzdem geschah alles. Es geschah ihr, sie allein stand am Fenster und hörte Geräusche und fragte sich, wer in das Haus gekommen war, aus dem alle nur wegwollten; sie allein drehte sich um und sah den Mann, den Blick, von dem sie wusste, dass er nicht richtig war. Sie spürte die Hände an ihrem Rücken und dann weiter unten, sie entkleideten und berührten sie da, wo man sie nicht berühren durfte, aber ihre Mutter war nicht zu Hause, die Mutter holte Mausefallen, und der Mann ging immer weiter nach unten, immer tiefer, der Schmerz war gleichzeitig nah und schrecklich weit weg. Sie spürte, dass sie aufplatzte wie eine Schafslunge. Sie spürte, wie das Blut heiß aus ihr rann und die Kindheit, die man ihr schon vor langer Zeit genommen hatte; sie war traurig, weinte aber nicht, sie wollte schreien, blieb aber stumm. Sie dachte, so ist das Leben: Manchmal tut es mehr weh, manchmal weniger, und an den seltenen milchweißen Tagen überhaupt nicht. Und als der Mann dann den Mund aufmachte und mit vollkommen fremder Stimme fragte, *tut es weh*, sagte sie, *nein* – sie sagte dann doch Nein, obwohl sie damit auf eine ganz andere Frage hätte antworten sollen.

Aber diese Frage wurde nie gestellt.

Dann war alles vorbei, sie lag auf dem Bett und schloss die Augen und hörte, wie der Mann ging, und als sie die Augen wieder öffnete, sah sie am Himmel einen matten runden Mond. Es hämmerte in der Brust und drehte sich im Magen, und in ihrem Geist tat sich eine endlose schwarze Wüste auf, für die sie von irgendwoher Licht bekommen musste.

Woher könnte dieses Licht kommen?

Die Zeit verging, sie konnte unmöglich wissen, wie viel – aber vielleicht doch nicht so viel, denn auch als sie da in der Dunkelheit lag, hatte sie Angst, dass es jemand erfahren könnte, dass die Mutter nach Hause käme und sie sähe und die Veränderung röche, das durfte nicht passieren. Sie hätte nicht die Kraft, noch mehr Scham zu tragen, und sie zwang sich, aufzustehen: Sie ging in die Küche, von dort ins Bad, denn sie musste sich waschen, die Haut sauber schrubben, und sie schrubbte so heftig, dass die Haut aufgerieben wurde. Und als sie sich anzog, taten die Kleider am Leib weh, und die schwarze Wüste in ihrem Inneren breitete sich aus, sie spuckte groben Sand aus dem Mund.

Sie zwang sich, zu handeln, denn Handeln verhindert Panik. Und obwohl sie mit ihrem eigenen Körper handelte, dachte sie, *das ist nicht mein Körper*, sie sagte es sich innerlich immer wieder vor, damit sie fähig war, alles zu tun, was getan werden musste: Das Bett abziehen, die Laken in den Waschzuber stopfen, sie in so kaltem Wasser waschen, dass die Hände brannten. Aber dieser Schmerz war süß, er war anders als der andere Schmerz, das stumpfe Empfinden irgendwo drinnen. Und als alles getan war, als die Wäsche draußen weiß und unendlich feucht an der Leine hing – sie würde dort tagelang trocknen –, stand Martha davor und roch ihre Sauberkeit.

Bezweifelte sie.

Dann setzte sie ihr Leben in der Dunkelheit fort, die sie niemandem enthüllte.

Die Mutter kam nach Hause, roch die Veränderung nicht, briet den Fisch, ohne zu fragen, woher er gekommen war. Sie kaute das weiße Fleisch des Fisches und merkte nicht, dass Martha nicht kaute und nicht schluckte, eigentlich nicht sonderlich am Leben war, obwohl sie atmete.

Am nächsten Tag stellte die Mutter die Mausefallen auf, und die Mäuse starben.

Ihre kleinen Leiber wurden entzweigeschnitten wie überreife Äpfel.

Auch der Bruder kam nach Hause, ging morgens in die Schule und sprach wenig mit Martha. Er schaute sie anders an als zuvor, so wie man eine Fremde anschaut oder eine, die man vor langer Zeit gekannt hat, und Martha wusste, dass ihr Bruder ihre Dunkelheit teilte, die als schwarzer, ungeöffneter Sack zwischen ihnen lag.

Es verging Zeit, langsame Wochen vergingen.

Bis der Tag kam, an dem Martha zu dicht am Abhang stand.

LISE

Die Frau nahm sich vor, Folgendes zu tun: ihr Zuhause heil zu lassen und etwas anderes zu zerbrechen.

Sie wusste, es würde nicht gelingen.

Sie wusste, wenn sie etwas anderes zerbräche, zerbräche sie zugleich sich selbst und somit ihr Zuhause und verteilte die Splitter überall.

Dennoch nahm sie sich vor, so zu handeln. Sie nahm sich vor, Rache zu üben, denn bei der Rache ging es ums Gleichgewicht, um die Wiederherstellung der Ordnung auf der Welt; sie nahm sich vor, mit einem Schwung alles auf seinen Platz zu setzen, so wie es zuvor war, das wäre nur recht und gut für alle.

Sie nahm sich vor, mit dem Mädchen einen kleinen Ausflug zu machen.

Sie wusste, dass das Mädchen jeden Tag nach der Schule zu den Schafen ging. Das Mädchen war keine Schülerin mehr, sondern übte sich darin, Lehrerin zu werden – als Ausbilder fungierte damals der Amtmann, und *das Mädchen umschwärmt garantiert seinen Ausbilder*, dachte Lise, sie glaubte, dass Martha alle Männer verführte, weil das leichter zu glauben war.

Es war Donnerstag.

Lise wartete an dem Weg, von dem sie wusste, dass Martha ihn nahm.

Es war Donnerstag und etwas regnerisch, die Luft war feucht wie in einem Grab, und die Sonne versuchte, durch die Wolken zu sickern, aber das war schwer.

Lise sah Martha kommen und dachte, die ist ja noch ein Mädchen, wie könnte ich der etwas antun? Aber sie kehrte nicht um, denn alles war bereits getan.

Sie hatte das Mädchen bereits an die Stelle geleitet, die sie zuvor ausgewählt hatte, eine, die nicht zu hoch und nicht zu niedrig lag, das Mädchen sollte angemessen tief fallen. Sodass es nicht aufhören würde zu atmen, aber doch so, dass es ihm wehtäte und dass das, was es in sich hatte, aufhörte zu sein. Aber vielleicht war da gar nichts.

Lise wollte nur den Sturz und den Rest dem Herrn überlassen, und so hatte sie es bereits getan, als Martha zu ihr kam und sagte: »Lise. Hallo.«

»Kann ich dich begleiten?«, fragt Lise. »Ein bisschen Klettern würde mir guttun.«

»Na klar«, sagt Martha, denn was soll sie sonst sagen.

Sie steigen den Hang hinauf und plaudern über dies und das, über das Wetter und die Hunde und über den Esel, der in den Graben getaumelt ist und sich das Bein gebrochen hat.

»Der arme Blackie.«

»Ja. Aber Tiere erholen sich schnell.«

»Wie geht es Jon?«

Lise erschrickt, als Martha den Namen des Jungen ausspricht.

»Gut. Er wächst und erinnert immer mehr an seinen Vater«, sagt Lise, und Martha denkt an den Jungen, der ihrer Meinung nach an niemanden erinnert.

»Er kommt bald in die Schule«, sagt sie, und Lise denkt: *Sprich nicht über den Jungen.*

»Na ja, ein bisschen dauert es schon noch.«

Lise spürt ihre Beine schlaff werden, denn sie nähern sich der Stelle, die sie ausgesucht hat. Dort gibt es einen kleinen

Steilhang: etwas glattes Gras, etwas Pech, großartige Landschaft, in deren Mitte die Sonne einzusickern versucht, was für ein verzweifelter Versuch.

Aber sollte man nicht näher herangehen, um sie zu betrachten?

Um sie genauer zu sehen.

Komm, von hier sieht man besser, man sieht bis Nightingale, man sieht die Gedanken der Vögel, die Dächer der Häuser und in die Häuser hinein, alles, was geschieht.

Lise sagt: »Komm, von hier aus sieht man besser.«

Und Martha geht hin.

MARTHA

Diesmal konnte die Dunkelheit nicht überdeckt werden.

Martha musste ins Bett und lag da.

Zwei Wochen oder länger, drei, sie war sich nicht sicher. Die Tage bröckelten, die Stunden schoben sich ineinander, und es wurde Nacht, immer kam die Nacht und der Traum, in dem sie im Wasser war und ein Haken die harten Schuppen der Haut durchdrang. Der Haken tat weh, aber dennoch wollte sie bleiben, unter Wasser bleiben und niemals durch den Algengürtel an die Oberfläche aufsteigen, wo Gesichter ohne Augen warteten.

Einfach bleiben.

Aber der Haken steckte im Rücken, und der Morgen ging auf.

Langsam zerfiel der böse Traum, sank tief auf den Grund ihres Inneren. In den Grund wurde geschrieben: *Es ist nie passiert*, und was war denn auch passiert? Sie hatte nur eine Grippe, eine plötzliche Krankheit, die mit dem letzten Schiff gekommen war. *Musst du dich auch immer an diese Unbekannten hängen?*, tadelte ihre Mutter sie, bereute es aber bald und versuchte ihr Kind zu trösten, das in die Dunkelheit gefallen war – ein verrückter Versuch, denn in der Mutter war kein Licht und keine Wärme und nicht der geringste Trost mehr.

Eines Tages trat ihr Bruder an ihr Bett und sprach wieder mit ganz normaler Stimme, als wäre ihm der Abscheu wie ein

Klumpen sauber herausgeschnitten worden. Er brachte einen Teller und auf dem Teller in Milch zerdrückte Kartoffeln, mit denen er Martha fütterte. Und Martha schluckte. Mit Mühe, aber trotzdem, denn sie wusste, dass es den Tod bedeutete, nicht zu schlucken.

Martha wusste, dass ihr Bruder die Wahrheit kannte, ihr kleiner Bruder, der alles mit ihr geteilt hatte, die Geheimnisse und auch das, was vor aller Augen bei Tageslicht leuchtete. Er stellte keine Fragen, er machte keine Vorwürfe, sondern molk, kochte noch mehr Kartoffeln und probierte mit einem scharfen Messer, ob sie gar waren, so wie er es bei seiner Schwester gesehen hatte. Er vergaß die Geräusche, die er gehört hatte, die Bettwäsche, die tagelang an der Leine gehangen hatte und immer wieder nass geworden war.

Der Regen schien nie mehr aufzuhören.

Es vergingen zwei Wochen, vielleicht drei, dann beschloss Martha, aufzustehen. Sie stand auf und merkte, dass ihr das Gehen schwerfiel, sie hatte Bauchschmerzen und ein Rauschen im Kopf, und sie legte sich wieder ins Bett. *Ich habe mir einfach was vom letzten Schiff eingefangen!*

Einige Tage später versuchte sie es erneut. Sie befahl ihren Knochen und ihren Muskeln, zu gehorchen, und diesmal gehorchten sie, und sie ging zur Tür und zur Tür hinaus und wünschte sich, nie mehr zurückzukehren.

Sie ging zum Spähplatz und wartete auf Schiffe. Aber es kam kein Schiff, nicht dann und auch lange danach nicht: niemand, der sie fortbringen würde.

Eines Samstags ging sie zum Tanz.

Sie erlaubte einem Mann, sich neben sie zu setzen, sie anzusprechen und auf die Tanzfläche zu führen, sie aus der Scham herauszuführen. Und sie sah den Mann, und der Mann sah sie und machte sich daran, zu reparieren, was an ihr kaputt war.

Aber das genügte nicht, Martha war so leer geronnen, dass für ein anderes Wesen nichts an Meer übrig war. Das Meer war rot aus ihr herausgeronnen und schwarz, warum sagte sie nicht einfach Nein?

Die Meeresbohnen wurden ohne Sinn an den Strand getrieben.

Nichts wuchs, und die Sinnlosigkeit entmutigte den Mann – und Marthas Heimsuchung, das, wovon nicht gesprochen wurde, es existierte nicht, und der Mann wusste nichts davon. Bert wusste nicht, ob er etwas falsch machte, ob er schlecht liebte oder die ganz und gar falsche Frau, ob über dem Haus ein Fluch lastete, oder über dem Bett, über dem Schoß.

Fische wurden gefangen, in Stücke geschnitten und in Dosen gefüllt. Frühling, Sommer, Herbst, Winter. Äpfel wurden gesammelt, Ratten erschlagen, und die Monate liefen auf ihrer Bahn, die Sonne fiel hinterm Haus herunter, immer weiter weg. Sie saßen immer weiter entfernt voneinander, sie wollten zusammen sein, aber konnten es nicht, und sie wussten nicht, wie man die Bitterkeit tilgt, die am Gemüt haften bleibt wie der Flügel einer Fliege am Teer.

Wie Martha reparieren, die jung und gesund war und sich erholte, aber eigentlich doch nicht?

Oberflächlich heil, aber innerlich mit Rotalge gefärbte Wolle.

Schließlich kam doch noch ein Schiff.

Schließlich zerbrach der Berg, so wie Martha zerbrochen war, und jetzt sitzt Martha auf dem Deck des Schiffes und denkt an die Samen, die das Meer von Insel zu Insel befördert. Sie denkt an Bert, an die letzte Nacht auf der Insel, die war wie die Nächte damals, am Anfang, Zucker und Schweiß, und am nächsten Morgen war alles weg.

Bert blieb, um den Jungen zu suchen, obwohl es nicht sein Junge ist, obwohl der Junge Bert mit der ganzen Kraft seines Kinderherzens hasst.

Aber er hält seinen Hass versteckt.

Martha denkt an den Jungen. Ist die Tür aus den Angeln gefallen, hat das Fenster eine Wunde in den kleinen Finger geschnitten? Nein, Martha glaubt nicht, dass Jon in Not ist, Jon kennt die Insel, und auch wenn er aus der Schwärze geboren wurde, so trägt er in sich doch das helle Licht des Lebens.

Woran Martha nicht denkt: an die Lava, die fließt, daran, dass der Junge keine feuerfeste Haut hat.

Bert hat keine Kleider, die ihn vor der Welt schützen.

Das Schiff erreicht die Gewässer vor Tristan, aber der Wind kommt von Norden.

Martha weiß, was das bedeutet, sie weiß, dass Lise es auch weiß, und Lise ist außer sich. Aber was nützt es, dem Wind zu zürnen, was nützt es, wütend auf das Leben zu sein, das einem alles nimmt, was wichtig ist, eines nach dem anderen, immer einen Menschen auf einmal nimmt es einem weg.

Jemand sagt: »Das Dorf scheint in Sicherheit zu sein.«

Aber alle sehen, dass die Konservenfabrik von Lava bedeckt ist.

Auch das Haus neben der Fabrik ist verschüttet, und es kommt ihr vor, als würde etwas unter ihr zusammenbrechen: ein festes Element, auf dem sie ihr Leben lang gestanden hat. Dann fällt ihr ein, dass es das nicht gibt, dass da nur poriger und weicher Grund ist, ein Haus, in dem man sie fallen ließ und in dem sie gezwungen war, erwachsen zu sein, obwohl sie ein Kind war.

Die Laken wurden nie sauber, der Fischgeruch ging nicht raus, auch wenn Martha wegging.

Der Wind kommt aus dem Norden, und niemand gelangt ans Ufer.

Jemand sagt: »Es hilft nichts. Wir müssen vorbeifahren.«

Jemand versucht auf die Reling zu steigen.

Aber man zerrt sie zurück, drückt sie aufs Deck.

Man sagt ihr: »Beruhige dich.«

»Es wird schon werden.«

»Der Junge wird sich finden.«

Das Schiff wartet ab, aber der Wind dreht sich nicht, und dann kann man nicht länger warten.

Sie fahren weiter.

Als Letztes sieht Martha den Hügel, der aus dem Hang des Vulkans dringt wie ein Herz, das die Haut durchstochen hat.

ELF

England, Oktober 1961

LARS

Am Sonntagmorgen wache ich einsamer auf als der Himmel.

Yvonne ist nicht da, das ist seltsam, sie schläft immer länger als ich.

Ich stelle die Füße auf den Boden, der Kälte atmet. Ich gehe in die Küche, sicher, dass Yvonne dort ist, die Hände um eine heiße Tasse gelegt, *mir ist kalt*, sagt sie und wickelt die dünne Strickjacke enger um sich.

Ich bringe ihr eine dickere.

Unnötigerweise, denn sie ist nicht da, nur das Geschirr vom Abendessen steht unangetastet in der Spüle.

Ich wasche ab, wärme die Reste im Ofen auf und esse sie direkt aus der Form.

Yvonne kommt erst spät am Nachmittag nach Hause. Ich höre, wie sie mit ihren Schuhen im Flur klappert, behutsam, als wollte sie die Begegnung mit mir hinauszögern.

Dann steht sie in der Lücke zwischen Flur und Küche, und ich stehe in der Lücke zwischen Küche und Wohnzimmer und frage sie, wo sie gewesen ist.

Sie fasst sich an die Haare, sagt, sie sei spazieren gewesen.

»Bist du zum Mond und zurück spaziert?«

»Ich war im Laden und am Strand.«

»Du gehst doch nie an den Strand«, sage ich und sage die Wahrheit: Sie hasst den Wind und die Monotonie der Wellen.

»Jetzt habe ich es eben getan. Ich wusste nicht, dass man dafür eine Sondergenehmigung braucht«, sagt sie und betritt die Küche. Ihre Anwesenheit ist schmerzhaft und füllt die Zeit. Ihre Macht über mich ist wie die Macht der Magnetfelder über die Vögel, instinktiv; unmöglich, sich ihr zu widersetzen.

»Die braucht man auch nicht«, sage ich. »Weil ich dich gezwungen habe, hierherzuziehen, darfst du tun, was du willst.«

Sie bleibt mitten in der Küche stehen und schaut mich geradewegs an, als werfe sie ein Messer.

»Was soll das jetzt wieder heißen? Ich habe mich kein einziges Mal beschwert.«

»Stimmt. Deine Taktik ist die stille Beschuldigung.«

»Das findet alles nur in deinem Kopf statt. Wenn du dich wegen etwas schuldig fühlst, das vor mir passiert ist, kann ich dafür nichts. Aber du brauchst es dann nicht über mir auszuschütten.«

Yvonne dreht sich um, geht an den Küchenschrank und nimmt ein Glas heraus. Sie dreht den Hahn auf, prüft aber nicht mit dem Finger die Temperatur, wie es jeder andere tun würde; vor ihr öffnen sich die Türen und die Falten im Teppich glätten sich, und das Glas, das sie leer trinkt, füllt sich wieder.

»Ich habe nichts über dir ausgeschüttet, sondern dich gestützt. Du würdest doch keinen Moment alleine zurechtkommen.«

»Das weißt du nicht. Glaubst du, ich hatte kein Leben vor dir?«

»Mit Sicherheit hattest du das, viele sogar. Mit vielen verschiedenen Geldbörsen.«

»Scher dich zum Teufel!« Sie knallt das Glas auf den Tisch. »Wenn du es nicht erträgst, dass ich allein spazieren gehe, weiß ich nicht mehr, was ich sagen soll. Außer dass sich Frauen hier in England selbstständig bewegen dürfen. Dir mag das natürlich sehr fortschrittlich vorkommen.«

»Scher dich selbst zum Teufel. Ganz selbstständig. Dein Vater wird schon kommen und dich retten.«

Wieder dieser Blick: ein Messer, und schärfer als zuvor.

»Das wird er auch. Mein Vater lässt mich wenigstens nicht im Stich.«

Nachdem sie das gesagt hat, verlässt sie die Küche, und nur ihr Geruch bleibt in der Luft zurück. Nach Blumen und etwas Muffigem, Algen, die an einem Krug gewachsen sind.

Kurz leistet mir der Geruch Gesellschaft, dann ist auch er fort.

Am Dienstag sitze ich im kleinen Hinterzimmer des Ladens und lese Zeitung.

Yvonne bindet auf der anderen Seite ihre Sträuße. Sie ist geschickt, die Sträuße werden schön und harmonisch, aber alles andere, was sie anfasst, verwandelt sich in Durcheinander.

Die Einfachheit ihrer Oberfläche hat mich getäuscht. In ihrem Inneren wallen Wesen, die ich nicht kenne, Fische, deren Gräten spitz sind. Ich kenne Yvonne nicht und weiß nicht, was sie an andere Menschen bindet.

Was bindet sie an mich?

Seit Sonntag haben wir so gut wie nicht miteinander geredet.

Mein Verdacht hat eine gläserne Wand zwischen uns entstehen lassen, durch die wir einander sehen, uns aber nicht berühren können. Ich weiß nicht, ob man die Wand durchdringen kann, ohne sich die Haut aufzuschlitzen, und ob ich es überhaupt versuchen will: Ich habe genug von den Blumen, ich ersticke im Staub und im Sand, der die Konstruktion des Hauses erobert, sodass nachts die Bretter knarren.

Dennoch, wenn ich an Tage ohne sie denke, presst mir eine große steinerne Faust die Brust zusammen. Plötzlich sehne ich mich nach ihr, nach ihren Fingern, die Instinkt haben – aber dann, gerade als ich denke, ich gehe zu ihr und rede mit ihr, sage ihr, dass ich sie doch noch liebe, wenn ihre Sommersprossen in den kleinen Fältchen versinken, blättere ich um und sehe die Überschrift.

Vulkanausbruch treibt die Bewohner der abgelegenen Insel Tristan da Cunha in die Flucht.

Ich lese die Worte mehrmals, und sie lassen mich die gläserne Wand vergessen, die gerade noch alles bedeutet hat. Entsetzen steigt mir an den Gaumen, ein Entsetzen, das nach Fisch schmeckt, dasselbe, das ich empfand, als ich unter der Wasseroberfläche war und nicht wusste, ob ich wieder hinaufkommen würde.

Nie zuvor habe ich den Namen meiner Insel in einer englischen Zeitung gelesen. Aber hier steht er nun, etwas Derartiges musste passieren, dass er hingeschrieben wurde, aber was ist passiert?

Vulkanausbruch. Das Wort kommt mir unwirklich vor, lässt mich an Lavafontänen denken, die zum Himmel schießen, und an Feuer, das den Hang herabfließt. Aber das ist der Berg, den ich kenne, an dessen Hängen ich aufgewachsen bin und dessen Krater ich direkt ins schlafende Auge geblickt habe. Der würde doch so etwas nicht tun?

Er ruhte in Frieden.

Es ist niederschmetternd, nicht dort zu sein. Und warum? Weil ich diese Hände habe. Weil es Taten gibt, die zu weiteren Taten führen und deren Reihenfolge man nicht mehr ändern kann.

Man kann ein Schiff nicht zwingen, rückwärts in den Wellengang zu fahren.

Es sieht immerhin so aus, als wären alle am Leben: Von Todesopfern ist nicht die Rede. Vielleicht hat sich der Ausbruch auf die andere Seite der Insel gerichtet, dorthin, wo nur Seehunde und Vögel und ein paar verwilderte Katzen leben – oder

der Ausbruch war nicht wie die fremden, in die Höhe schießenden Landschaften in den Nachrichten, die ich jetzt mit Tristan in Verbindung bringe, obwohl mir Tristan vertraut ist, klar umgrenzt und real.

Es ist schwer, sich all das Rot und Schwarz vorzustellen, das alles Grün überdeckt. Und das Entsetzen der Menschen, wenn das, worauf sie sich am meisten verlassen haben, trügt und zerbricht.

Die Erde.

Sie müssen *die Flucht* ergreifen, aber wohin? Sie können anderswo nicht leben.

Nach Kapstadt, steht in der Zeitung. *Nach Kapstadt, um weitere Maßnahmen abzuwarten.*

In der Zeitung steht: *Alle Bewohner haben die Insel verlassen, um sich auf dem Kontinent in Sicherheit zu bringen, außer einem Jungen, der sich in der Nacht vor der Evakuierung verirrt hat, und zwei Männern, die zurückgeblieben sind, um nach ihm zu suchen. Man hat ihnen ein Schiff nachgeschickt. Es ist jedoch unklar, ob es unter diesen Umständen möglich ist, an der Insel zu landen.*

Ein Junge, *der sich verirrt hat*? Das Entsetzen schmeckt immer entsetzlicher, nach schwarzer Fäule, obwohl ich zu denken versuche, dass der Junge nicht Jon ist.

Trotzdem weiß ich, dass er es ist. Ich kenne die Eigensinnigkeit meines Sohnes, ihm ist wieder einmal etwas in den Kopf gekommen, was nur in seinen Kopf kommen kann.

Aber das hier ist zu groß, zu starrköpfig sogar für ihn – und warum hätte er sich auf seiner eigenen Insel *verirren* sollen?

Und wo ist Lise?

Wie kann Lise eingewilligt haben, ohne den Jungen wegzugehen?

Aber ich bin ja auch weggegangen.

Meine Gedanken brechen ab, als Yvonne die Tür zum Hinterzimmer öffnet, hereinlugt und sagt: »Ein Kunde.«

Als sie mein Gesicht sieht, erschrickt sie. Sie drückt die Tür zu, sagt auf der anderen Seite etwas und kommt dann herein, um sich zu mir zu setzen.

»Was ist passiert?«, fragt sie. In ihrer Stimme liegt vorsichtige Wärme.

»Das hier …« Ich deute auf die Zeitung. »Es ist meine Schuld.«

»Was?«

»Weil ich weggegangen bin.«

»Lars, *was?*«

Ich gebe ihr die Zeitung. Sie liest die Meldung, legt die Zeitung auf den Tisch und sagt: »Das tut mir leid. Aber es kann nicht deine Schuld sein. Das ist Aberglaube.«

»Ich muss hin«, sage ich im selben Moment, in dem ich es begreife.

»Du spinnst. Du kannst nichts tun.«

»Ich kann mehr tun als die anderen. Sie kennen sich nicht aus. Sie kennen Jons Verstecke nicht.«

»Jons? Hier wird nicht gesagt, wer der Junge ist. Es gibt dort doch wohl noch andere Jungen?«

»Nicht solche.«

»Du musst dich beruhigen«, sagt Yvonne, und das macht mich rasend. Ihre Familie ist hier, in Häusern, in denen das Geschirr in den Schränken bleibt und die Wände weiterhin aufrecht auf der Erde stehen.

»Denk ein paar Tage darüber nach«, versucht sie es. »Vielleicht wird der Junge gefunden. Dauert die Fahrt dorthin nicht mehrere Wochen?«

Sie hat recht: Die Fahrt dauert lang, und ich sollte sie nie mehr unternehmen.

Rückwärts in den Wellengang fahren …

Plötzlich ergreife ich die Kaffeetasse und werfe sie an die Wand.

Die Spritzer rinnen langsam dem Fußboden entgegen.

Yvonne weiß immer, was sie sagen soll, aber jetzt weiß sie es nicht.

Ich greife nach der Zeitung und verlasse den Laden.

Am Strand ist es windstill, die Wellen ruhen. Ich schaue auf das leise zitternde Meer und denke, dass der Junge vielleicht doch ein anderer ist, aus einer größeren Familie – wäre das nicht fairer? Dass einer Mutter nicht das einzige Kind genommen wird? Aber es ist sinnlos, vom Leben Fairness zu erwarten, idiotisch, von einem Ort Gerechtigkeit zu verlangen, an dem der Wind immer wieder Kinder von Felsvorsprüngen ins Meer geweht und der heftige Regen Männer von den Bergen in ihr letztes Bad gespült hat. Aber jene Männer und Kinder sind nicht verschwunden und auch nicht die Frauen, die auf anderen Wegen gefallen sind, denn für uns liegt zwischen Tod und Leben keine große Grenze: Für uns endet die Zeit nicht mit dem Tod, sondern ist ständig die gleiche, auf der Oberfläche und am Grund, in der Luft, wenn die Sterne den Bauch durchstechen, und was sind wir letztendlich: kleine Punkte an der riesigen Kuppel der Zeit.

Und nicht besonders wichtig.

Aber warum hat man uns Herzen gegeben, die sich über die Zeiten und Orte hinwegstrecken?

Ich muss etwas tun.

Grau liegt der Horizont da, die Feuchtigkeit verdichtet sich am Kopf und zersetzt die Haut.

Hier ist es Herbst, aber dort glüht der Frühling: Der Frühling von Tristan, sein blendendes verrücktes Licht, das immer wie mit dem Messer aus Papier geschnitten war. Jetzt ist das Messer in der Luft hängen geblieben und herabgefallen, denn natürlich ist es im Frühling passiert, natürlich erwachte der Berg im Frühling und sprengte sein Auge auf, obwohl er voller friedlicher, im Innern der Erde gefangener Lava war. Jedenfalls glaubten wir das, denn auf etwas musste man sich verlassen, auf die Erde unter den Füßen, wenn jederzeit von allen Seiten wer weiß was kommen konnte.

Jetzt sind wir betrogen worden. *Wir*, sage ich, obwohl ich weiß, dass ich nicht dort bin, selbst ein Verräter. Ich bin ein Flüchtiger, stehe aber immer noch am selben Meer, immer noch mit der Zeitung unter dem Arm und darin den Wörtern in schrecklicher Reihenfolge.

Kapstadt ist zu groß für sie, alle Städte sind brutal und voller Krankheiten, die ihre Körper nicht bannen können. Sie bekommen Lungenentzündung, laufen vor ein Auto, weil sie nicht aufpassen, Glastüren von Geschäften gehen in Scherben, weil sie dagegen prallen.

Ich habe Angst, dass man sie auslacht.

Ich habe Angst, dass man sie voneinander trennt, denn wenn das geschieht, zerbrechen sie, sie sind eine große Familie, so wie es Ameisen sind, nur auf diese Art am Leben.

Könnte ich sie doch beschützen!

Aber wie könnte ich das, wo ich nicht einmal beschützt habe, was ich am meisten hätte beschützen müssen, das, was allein in seinem Versteck liegt, ohne Vater, ohne Mutter, das die Sterne kennt und die Vögel benennt, mit schweren Flügeln entschwinden sie in die Höhe.

Ich muss Verbindung zu ihnen aufnehmen.

Es kann nicht zu spät sein.

ZWÖLF

Kapstadt, Oktober 1961

LISE

Als Lise den Mann zum ersten Mal sieht, empfindet sie nichts.

Sie ist vier Nächte und vier Tage auf dem Schiff gewesen und jede Nacht und jeden Tag näher an den Punkt herangeführt worden, an dem alles stillsteht.

Sie versucht leer zu sein, aber das Schiff bewegt sich vorwärts, Wellen schlagen gegen seine Flanken, und Menschen klopfen an ihre Tür. Geht weg, sagt sie, sie will allein sein und kann keine Menschen gebrauchen, die sie mitleidig ansehen, ihr Verständnis ausdrücken, sie aber nicht verstehen und nicht weggehen.

Schließlich gehen sie doch, und nur Elide kommt.

Elide bringt ihr Kekse, bringt ihr Brot und kleine Schlucke Rotwein. »Paul hat ihn für dich übrig gelassen.« Das Getränk haftet am Gaumen, betäubt aber für einen Moment den Schmerz.

»Es wird schon werden«, sagt Elide und wendet das Gesicht ab.

Am fünften Tag geht sie vom Schiff. Alle betreten sie den Hafen wie ängstliche Hunde, und große schwarze Kameras schieben sich vor sie. In deren herausfordernd starrenden Linsen sehen sie ihre Gesichter.

»Wie fühlen Sie sich?«

»Haben Sie jemals Autos gesehen?«

»Häuser aus Beton?«

Man stellt ihnen Fragen, und sie wedeln brav mit dem Schwanz. Dann fährt man sie mit einem Omnibus aus dem Hafen hinaus – Lise kann das schwer begreifen, *man fährt sie mit dem Omnibus* –, damit sie sich die Stadt anschauen: damit sie die neue Welt sehen und die alte vergessen.

Sie blicken schweigend aus dem Fenster.

Als der Omnibus hält, sagt David zu Lise: »Komm, wir steigen hier aus.«

Die anderen fahren weiter. David und Lise gehen in ein hohes, viereckiges Gebäude hinein, in dem sie eine Kabine mit Stahltür betreten. David drückt auf einen nummerierten Knopf an der Wand, und sie setzen sich mit einem Ruck in Bewegung. »Keine Angst«, sagt David, als Lise sich an seinen Arm klammert.

Der Fahrstuhl hält an und gibt ein metallisches Geräusch von sich. Es scheint Lise direkt zwischen den Augen zu treffen. Dann gleitet die Tür zur Seite, und sie gehen einen schmalen Gang entlang, an mehreren Räumen vorbei, bis sie am Ende des Gangs einen Mann warten sehen.

»Bitte kommen Sie herein«, sagt der Mann und legt Lise eine warme Hand auf den Rücken.

In dem Büro steht ein dunkler Tisch voller Papiere und Fotos, und hinter dem Tisch sitzt ein weiterer Mann, älter als der vorige. Lise schaut ihn an und empfindet nichts, sie blickt sich um und sieht, dass alles im Raum eckig ist. Dann schaut sie wieder auf den älteren Mann, der sich die Brille auf die Stirn geschoben hat. Warum tut er das?

»Willkommen in Kapstadt«, sagt der Mann, als käme die Stimme vom Mond.

»Im Moment können wir über die Situation sagen«, fährt er fort, »dass ein Schiff nach Tristan geschickt worden ist, und dieses Schiff ist vor ein paar Stunden bei der Insel angekommen.«

Lise beugt sich nach vorne.

»Aber es muss auf den richtigen Wind warten«, sagt der Mann, und Lise verrückt ihren Stuhl, dessen Beine quietschen. Auf ihrem Gesicht scheint eine Frage auf.

»Am Ufer ist noch keine Bewegung ausgemacht worden«, antwortet der Mann, »aber die Crew hat Erfahrung. Sie werden mit Sicherheit alles tun. Sie werden jeden Winkel der Insel durchkämmen.«

Aber die Konservenfabrik ist von der Lava verschüttet, denkt Lise – und weiß, dass die Frau neben ihr dasselbe denkt.

Denn tatsächlich, neben ihr sitzt eine Frau. Martha.

»Die Konservenfabrik ist von der Lava verschüttet«, sagt Martha, und Lise denkt: *Sei still.*

Der Mann schaut das Trio vor sich verdutzt an.

David sagt: »Ganz richtig, die Fabrik auf der Insel ist verschüttet, und das Haus daneben auch, aber danach scheint die Lava gestoppt zu haben.«

»Sie werden ihr Bestes tun«, sagt der Mann hinter dem Schreibtisch und lässt die Brille auf die Nase herunter, denn so sieht er glaubwürdiger aus. Er sieht aus, als hätte er ein warmes Lächeln, dabei lächelt er gar nicht; Lise sieht bloß die Wärme in den Mundwinkeln warten.

»Ich bitte Sie, darauf zu vertrauen«, sagt der Mann, »und ich verspreche Ihnen, dass wir Sie sofort informieren, wenn wir mehr wissen.«

»Danke«, sagt David.

»Ist das alles?«, fragt Lise, aber warum ist ihre Stimme so leise?

»Die Lava hat nicht gestoppt«, sagt Martha, und niemand weiß darauf zu antworten.

Als sie wieder auf der Straße stehen, schaut Lise auf die Gebäude mit den scharfen Rändern und die Autos mit den weichen Ecken, auf die Menschen, die durch ihr sorgloses Leben gehen. Sie glaubt nicht, mit diesen Menschen jemals so reden zu können, dass sie einander verstehen, selbst wenn sie die gleiche Sprache sprächen.

Sie will nur ihren Sohn wiederhaben, sonst nichts.

Nicht einmal Lars – sie zuckt bei dem Gedanken zusammen, denn Lars hatte sie immer gewollt, solange sie denken kann.

Jetzt ist er ihr egal.

Lars ist tot, oder wenn er lebt, dann bloß etwas, das sich bewegt, unter anderen gleichgültigen Bewegungen.

Lise denkt an die Hand des jungen Mannes auf ihrem Rücken.

Sie denkt an das Lächeln des älteren Mannes, obwohl er nicht gelächelt hat; dennoch ist es das Wirklichste, was sie in dieser Stadt gesehen hat.

Die Leute von Tristan haben immer an Erscheinungen geglaubt. Hat nicht auch Lise einmal im Mittelpunkt gestanden und ist bewundert worden und hat zu ihrem Mann die Worte gesagt, *selbst wenn Tristan explodieren sollte*?

Sie wusste nicht, woher die Worte kamen.

Aber sie blieben ihr im Ohr wie ein Zauberspruch, sie drangen in die Träume und in die langsamen Tage ein, die Sprünge bekamen wie Glas, gegen das eine große Faust geprallt ist.

Nur ein Fehler.

Danach bloß noch Dunkelheit.

MARTHA

Auf der Straße spürt Martha die Sonne wie eine stumpfe Nadel in den Augen.

Die Luft ist anders als auf der Insel: Sie steht und ist schwer zu atmen. Martha sehnt sich nach dem Wind, gegen den sie ihr Leben lang angekämpft hat.

Die Motorhauben glühen rot, blau, grün, aber anders grün, als sie es je gesehen hat. In den Schaufenstern der Geschäfte befinden sich die Gegenstände in ordentlichen Reihen, so viele Gegenstände, deren Zweck Martha nicht kennt.

Sie weiß, dass sie an Bert denken sollte, wieder einmal sollte sie Bert so lieben, dass er die Liebe spürt und zu ihr zurückkehrt. Wie lange ist das her, eine Woche, tausend Seemeilen, die Entfernungen sind so groß, dass Martha stehen bleiben muss, und als sie stehen bleibt, weitet sich ihr Inneres wie ein riesiges Segel im Wind.

Und dann schrumpft es wieder.

Sie geht weiter.

Sie schaut auf die Menschen, die mit nackten Armen gehen, die ihre Behaarung zeigen wie Tiere, und sie hört ihre Rufe im Kopf. Sie spürt, dass ihre eigenen Kleider noch immer nach Keller und Dung riechen, und sie will neue Kleider haben, in ein Geschäft gehen, der Verkäuferin in die Augen sehen und sagen, *ich mag Grün, ich mag die Berührung von Seide auf der Haut.*

Nie zuvor hat sie so etwas empfunden.

Plötzlich versteht sie, dass hinter der Karte im Klassenzimmer diese Städte liegen, diese Straßen, ebenso wirklich wie all das, was sie auf der Insel zurückgelassen hat.

Die Welt ist an jedem Punkt gleich wirklich.

Eine Gebirgswand ragt senkrecht und grau über der Stadt auf, darüber hängen weiße Wolken.

Lise und David sind klein, sie gehen weit vor Martha her.

Als Martha sie einholt, gehen sie noch ein Stück zusammen, bis David stehen bleibt, um eine Tür in der Wand eines Backsteingebäudes aufzumachen. Hinter der Tür führt ein Gang in einen großen Raum mit Tischen und Bänken, in dem Menschen in leise sprechenden Grüppchen herumstehen. Im Vergleich zu denen auf der Straße wirken sie wie aus einer vergangenen Welt.

Sie scheinen am falschen Ort zu sein, Marionetten, deren Fäden gerissen sind.

LISE

Lise hat Hunger, aber allein der Gedanke an Essen ist unmöglich.

Sie sitzt mit einem Teller in der Hand an der Wand des großen Raumes und schaut auf ihre Hände, deren Haut so dünn ist, dass man die Adern sieht. Sie weiß nicht, wie die Menschen das Leben ertragen.

Wie kann es jemand ertragen, dass der Korb zuerst voller Früchte ist und dann leer? Sie ist schwach, ist es immer gewesen, alle Stärke nichts als Schein. Sie klammert sich an andere, um sich von ihnen heil machen zu lassen, aber sie tut es so, dass die anderen nichts merken.

Lise ist so stark, sagen die anderen.

Lise hat es so schwer, sagen sie, *aber sie wird es schon aushalten.*

Warum ist der Mann weg?

Gut, dass es ihr Mann ist, der weggegangen ist.

Die Fleischstücke auf dem Teller werden kalt. Sie scheinen sich zu bewegen.

Und nicht der einer anderen.

Lise blickt auf, und da sieht sie Paul auf sich zukommen.

Paul steht vor ihr, riecht nach Schweiß und nach dem Öl, das in den Adern von Vögeln fließt, und sagt: »Lise, schmeckt dir das Essen nicht?«

Warum riecht er immer noch nach Öl?

Hat seine Frau auf dem Schiff nicht seine Sachen gewaschen?

»Du musst etwas essen«, sagt Paul, »so wie alle anderen auch.«

»Hat Elide dich geschickt?«, fragt Lise mit heiserer Stimme. »Sonst hast du es doch auch nicht so mit der Fürsorglichkeit.«

»Vielleicht weißt du nicht alles über mich«, sagt Paul und lächelt, entblößt das schwarze Loch an der Stelle, wo einmal ein Zahn war.

»Garantiert nicht, aber würdest du mich bitte in Ruhe lassen.« Lise senkt den Kopf und erblickt wieder das Fleisch: Es rührt sich jetzt nicht mehr, *wie das Fleisch eines Toten*, denkt sie und begreift sogleich die Dummheit des Gedankens. Irgendwo anders hätte sie darüber lachen können.

»Wie war es in der Behörde?«, fragt Paul. »Was hat man dort gesagt?«

Warum geht er nicht weg.

»Nichts. Sie wissen nichts.«

»Alle tun bestimmt ihr Bestes.«

»Und wenn das nicht genügt?«

»Oft genügt es.«

»Du hast leicht reden. Du hast alles hier«, sagt Lise und macht eine Kopfbewegung in Richtung Elide, die sie von der anderen Seite des Raums aus beobachtet. Die Kinder haben sich um sie geschart wie um die Wärme eines Lagerfeuers.

»Das ist nicht fair«, sagt Paul.

»Hast du etwas Faires erwartet?«, erwidert Lise. »Ich habe längst aufgehört, darauf zu warten.«

»Ich weiß, dass es schwer ist für dich, aber Bitterkeit führt auch zu nichts.«

»Was weißt du denn schon darüber?«, fährt Lise ihn an.

»Anscheinend nichts. Ich habe nur versucht, zu helfen.«

»Vergeude deine Zeit nicht«, sagt Lise und knallt den Teller neben sich auf die Bank.

Paul hebt beide Hände, sie sind schmutzig, groß und scheinbar ganz und gar ohne Adern. Dann schnappt er sich ein Stück Fleisch vom Teller und isst es, wobei er Lise unverwandt ansieht.

DAVID

Nachdem die Teller eingesammelt worden sind, bittet David um Ruhe, denn er will mitteilen, was als Nächstes geschieht.

Die Leute verstummen – überraschend abrupt, denkt David, weiß aber, dass das noch nichts zu bedeuten hat. Er kennt den Charakter der Insulaner, den stummen Widerstand. Wie sie einfach die Harke auf der Erde liegen lassen, ohne großes Geschrei.

Er steigt auf ein Podest im vorderen Teil des Saals, wischt sich den Schweiß von der Stirn (wie heiß es hier drinnen doch ist, wie an einem Sommertag im Treibhaus), und fängt an: Man werde sie hier einquartieren, in den leeren Räumen in diesem Gebäude. Für einige Nächte, vielleicht für eine Woche. Bis das Schiff abfährt.

Wo fährt das Schiff hin?

Nach England.

Nach England?

Ja. Dort wird man euch mit offenen Armen empfangen. Ihr werdet schon erwartet.

Aber dort ist es kalt.

Ihr bekommt warme Kleider.

Dort gibt es Krankheiten, die wir nicht aushalten.

Ihr werdet geimpft.

Wo werden wir wohnen?

Ihr bekommt Wohnungen.

Was machen wir dort?

Uns wird schon etwas einfallen.

Was?

Das weiß ich noch nicht.

Ist es dort gefährlich?

Nicht gefährlicher als hier.

Gibt es dort Meer?

Ja.

Vielleicht nicht in unmittelbarer Nähe, vielleicht nicht genauso eines wie zu Hause, aber ja. Diese Fixierung auf das Meer, die versteht David nicht immer: Warum lieben die Insulaner das Meer so sehr, wo es doch auch tötet, wo es doch trennt und nicht bloß verbindet.

Der Saal füllt sich mit gedämpfter Verwirrung. David betrachtet sie, die Menschen, mit denen er am Ende der Welt zusammengelebt hat, weit weg von der Parkstraße, in der das zweistöckige Haus steht, in dem seine Sachen sind, seine Haare auf dem Kissen, seine Strümpfe unterm Bett und im Spiegel ein blasses Lächeln ... Und im Garten das Treibhaus. Ob jemand die Blumen gegossen hat?

Er blickt auf die Inselbewohner, die er beschützen möchte, obwohl er weiß, dass er dazu nicht fähig ist. Die Welt liegt nicht offen vor ihnen, sondern sie stehen vor der Welt. Er kann ein Schiff suchen, er kann eine Unterkunft in England suchen, aber am Ende wird er sie dennoch verlassen und in der Asche oder der Helligkeit seines eigenen Lebens verschwinden.

Dann sieht er, dass Lise auf ihn zukommt: diese Frau, im Harnisch der Trauer, schon als David auf die Insel kam. Damals schien die Sonne, schnitt die blaue Luft und die grünen Steilhänge in Scheiben und blendete so sehr, dass die Streifen zwischen den Menschen verwischt wurden.

David trat auf den schwarzen Sand und vergaß den weißen.

Lise steht jetzt vor ihm, hebt das Gesicht und sagt: »Ich fahre nicht mit.«

Ihre Stimme ist laut und klar, wie die eines Sturmvogels (oder eines Walvogels? David kann sich nicht an alle Arten erinnern).

»Lise ...«, fängt David an, aber Lise unterbricht ihn und wiederholt ihre Worte noch lauter als zuvor, sodass sich alle nach ihr umdrehen.

Stummer Widerstand, denkt David. *Ach ja.*

Er sieht, wie die anderen ihn anschauen.

Als hätte ich diese Frau gerade geschlagen.

MARTHA

Martha macht kein Aufheben um sich.

Sie ist es gewohnt, dass es die anderen tun, dass die anderen schreien und glühen, während sie still dasitzt, sich umschaut, die Kinder sieht und die Erwachsenen und alle ihre guten und schlechten Taten in diesem Saal. Die Taten verdichten sich zu Dampf und verteilen sich in kleinen Tropfen an den Wänden, in denen die anderen sich sehen könnten, wenn sie hinschauen würden.

Sie würden England sehen und all das, worüber in den Briefen geschrieben wurde.

Sie werden in einem Hafen ankommen, weit im Norden, aber Martha nicht. Sie wird keine Impfung und keine Wohnung bekommen, sie weiß absolut nicht, was sie bekommen und was man ihr wegnehmen wird und in welcher Reihenfolge.

Sie denkt an ihren Vater, der wegwollte.

An ihren Vater, der an der Tür stand und das Leben mehr liebte als den Tod, es sich dann aber anders überlegte.

»Ich gehe das Boot reparieren«, sagte ihr Vater, zog die Stiefel an und trat aus der Tür. Er wusste, dass er es zum letzten Mal tat, und dass die Kinder, die er auf die Welt gezwungen hatte, hungern und Dinge sehen würden, die Kinder nicht sehen sollen.

Ihr Vater wusste das, trotzdem ging er, ging zum Felsvorsprung und machte alles kaputt.

Zwei Wochen später wurde er als zerfressener Klumpen an Land gespült, als weicher Haufen Fleisch. Er wurde in einen Sack gesteckt. Die Feuchtigkeit troff durch den Stoff, im Schubkarren bildete sich eine Pfütze, in die Martha die Hand steckte, als niemand hinsah.

Die Hand roch nach Krebsen.

Das Fleisch verschwand schnell zum Vermodern in der harten Erde.

Die Mutter weinte nicht, der Wind hob den schwarzen Schleier vor ihrem Gesicht an und enthüllte trockene Augen. *Aus der Erde bist du gekommen*, sagte der Pastor, und Martha wollte verbessern: *aus dem Meer*, aber sie war klein, sie war still, und dann gingen sie heim.

Ihre Mutter starrte aus dem Fenster und vergaß die Worte aus dem Kirchenlied.

Die Kinder betasteten ihre Umrisse wie die Ränder von Möbelstücken, und nur an den Blicken der anderen erkannten sie, dass sie noch heil waren.

DAVID

Das Schiff ließ sich im Nu auftreiben. Es war ein englisches, nicht so gut ausgerüstet wie das holländische zuvor, aber eines, das bald in See stechen würde, denn England wollte die Inselbewohner unverzüglich in Sicherheit bringen, in einem System, auf das man sich verlassen könnte.

David steht an Deck und winkt und tröstet die Abreisenden, obwohl ein Teil von ihnen ihn noch immer ablehnt. Die Tristaner sind schüchtern und aufgrund früherer Amtmänner argwöhnisch, aber David ist anders gewesen, er hat niemanden in den Stock gestellt und keine Briefe geöffnet und nicht versucht, die Sitten auf der Insel zu ändern, und darum hat ein Teil gelernt, ihm zu vertrauen.

Drei Jahre: Drei Jahre hat er auf der Insel verbracht, aber nicht gelernt, zu rudern wie Paul. Er hat nicht gelernt, die Windrichtung zu fühlen wie Jon, und er weiß nicht, warum Martha und Lise – denen er die Erlaubnis beschafft hat, hierzubleiben – im Hafen so weit weg voneinander stehen, als stünde eine dritte Person zwischen ihnen. *Normalerweise trösten sich Frauen gegenseitig*, denkt er, *warum diese nicht*, hat er mehrmals gedacht. Aber nie gefragt, nie herauszufinden versucht, er weiß, dass die Inselbewohner Geheimnisse haben, die sie ihm nicht eröffnen, Dinge, über die sie schweigen.

Er ist nie einer von ihnen geworden. Er hat es auch gar nicht gewollt. Aber er hat gelernt, sie zu verstehen, er weiß, dass ihnen ihr Zuhause am wichtigsten ist und *die Außenwelt* ein Ort jenseits des Herzens – dass sie *das leichtere Leben* nicht lockt, denn sie würden sich immer nach ihren Kartoffeläckern sehnen und nach dem Gefühl, wenn man im Schrank noch eine Dose Pfirsiche entdeckt und seine Zähne in das gezuckerte Fruchtfleisch schlagen kann.

Schon mehrmals hat man versucht, ihnen zu befehlen, die Insel zu verlassen.

Man hat David gesagt: »Hol sie da runter, sag ihnen, wie gut es hier ist.« Und David hat es ihnen gesagt, aber schon bald gemerkt, dass sich der Versuch gegen ihn wenden würde.

Dann ist dem mächtigen Befehl des Vulkans gelungen, was der Krone und allen Untertanen nicht gelungen war.

David kehrt nach England zurück, zusammen mit zweihundertneunundfünfzig Menschen, aber er allein fährt nach Hause.

DREIZEHN

England, Oktober 1961

LARS

Spätestens als ich Yvonne mit leerem Blick – wie der Himmel nach einem Regen – im Wohnzimmer tanzen sehe, weiß ich, dass ich gehen muss.

Das kann ich ja.

Ich komme nach Hause, betrete das Wohnzimmer und sehe das Wasserglas auf dem Tisch. Daraus ist Wein getrunken worden. Daneben steht ein Weinglas, aus dem Wasser getrunken worden ist. Außerdem sind da die Blumen, in deren Vase der Inhalt der Teekanne samt Beutel gekippt worden ist. Es riecht nach Bergamotte-Öl.

Yvonnes Schultern sind nackt, und als sie die Arme nach oben streckt, wird zwischen Rock und Shirt ein Streifen heller Haut entblößt. Sie sieht bleich aus, wie eine hart gewordene Frucht.

»Geh nur, das kannst du ja«, sagt Yvonne, bewegt die Hände in der Luft und lässt die Füße wie zufällig über den Boden rutschen.

Aber es steckt eine Ordnung darin, sie hat einen Rhythmus im Kopf.

»Alles klar«, sage ich und gehe an ihr vorbei ins Schlafzimmer.

Ich ziehe den Koffer unter dem Bett hervor. Er ist verstaubt und leer, nur ein dünner Rasierwassergeruch erinnert an das Leben, das ich führen wollte.

Ich habe mich nie an den Geruch gewöhnt.

Ich bin nie so geworden, wie Yvonne mich haben wollte, und sie ist nicht so geworden wie Lise. Aber für eine kurze Weile genügten wir uns, berührten wir uns mit einer Berührung, die immer seltener geworden ist, so selten wie ein Zusammenstoß von Vögeln am Himmel.

Jetzt ist diese kurze Weile vorbei, und die Nähe wird wieder in Entfernung und Erinnerungen zerfallen, und das tut weh. Das Aufgeben.

Das Packen, während ich höre, wie Yvonne hier und da anstößt, mit dem Knie gegen den Tischrand schlägt. Ich denke an den blauen Fleck, der entstehen wird, wie er die Farbe ändern und verblassen wird, schließlich verschwunden ist.

Ich werfe Hemden in den Koffer, Schuhe, von denen weißer Sand rieselt. Hinter mir höre ich schweres Atmen, als sich Yvonne an den Türrahmen lehnt und ihre kalte Wange daran drückt – die Augen halb schließt, damit dies alles weniger wahr ist.

Aber als ich mich umdrehe, sehe ich nur die Blumen in ihrer Vase, in ihrem braunen Wasser, regungslos.

Die Türöffnung ist leer.

Ich bin trotzdem nicht sofort davongerannt. Noch nachdem ich die Meldung gelesen hatte, schlief ich nächtelang neben Yvonne, betrachtete tagelang die Frau, die mich verzaubert hatte. *Eine Hexe.* Ich dachte, dass Yvonne eine Hexe ist, und schlang meinen Arm fest um ihren schlafenden Körper, um die Zauberkräfte herauszupressen.

Es war leicht herauszufinden, wann das nächste Schiff abfahren würde, schwerer war es, sich Klarheit darüber zu verschaffen, was in Kapstadt geschah. Ich glaubte nicht, dass die Tristaner dort bleiben dürften: Sie waren Bürger eines fremden Landes, ihre Haut war eher dunkel als hell, und sie hatten keinen Penny in der Tasche.

Schließlich gelang es mir, den Zeitungsmenschen zu erreichen, der die Meldung über den Vulkan geschrieben hatte, und er riet mir, Kontakt mit dem Behördenvertreter in Kapstadt aufzunehmen, der damit beauftragt worden war, sich um die Insulaner zu kümmern.

Vom Postamt aus führte ich ein teures und rauschendes Ferngespräch, an dessen Anfang ich log, ich sei selbst von der Presse, worauf mir der Beamte die Lage schilderte: Drei Menschen würden noch immer auf der Insel vermisst.

Das zu Hilfe geschickte Schiff liege vor der Insel, aber man habe noch nicht an Land gehen können.

Die übrigen Bewohner seien gerade an Bord eines anderen Schiffes gegangen, das sie nach England bringen würde – beziehungsweise nicht ganz alle anderen, denn zwei Frauen, Angehörige der Vermissten, seien in Kapstadt geblieben.

Zwei Frauen?

Die Namen wollte er nicht nennen.

Und ich hatte nicht vor, meinen Namen zu nennen, aber um die Information zu bekommen, musste ich es tun. Ich sprach also meinen Namen aus (er klang fremd, als hätte ich ihn gerade erfunden) und erzählte, ich sei lange verschollen gewesen. Ich hätte meine Familie *aus persönlichen Gründen* verlassen, aber jetzt wolle ich *aus persönlichen Gründen* wissen, ob es ihr gut gehe.

In der Leitung wurde es für einen Moment still. Die Postangestellte sah mich schief an. Dann beschloss der Mann am anderen Ende der Leitung, mir zu glauben, und sagte das, was ich schon wusste.

Aber als ich die beiden Namen laut ausgesprochen hörte, durchfuhr mich etwas und erzeugte einen größeren Schmerz als jeder Haken, der in die Handfläche eindringt, oder ein Ruder, das mir auf den Kopf schlägt und mich ertränkt.

Der Hörer blieb nur mit Mühe in meiner Hand. Ich dankte dem Mann für die Informationen, sagte ihm, ich sei der Vater des Jungen, und äußerte den Wunsch, er möge den beiden Frauen nichts von meinem Anruf erzählen.

Es könnte sie erschüttern, sie sind schon erschüttert genug. Sagen Sie ihnen nichts.

»Na gut«, sagte der Mann, »und Sie haben weiterhin vor, wegzubleiben?«

»Absolut nicht«, antwortete ich, »ich habe vor, hinzufahren. Halten Sie sie solange am Leben.«

Wieder Stille.

»Wir tun, was wir können.«

»So wie wir alle«, sagte ich, nannte ihm das Schiff, mit dem ich ankommen würde, und legte auf.

Im Zug gleiten die Landschaften an mir vorbei wie fremde Menschen, die ich nicht in meine Nähe lassen will. Die mir nicht verzeihen.

Fasst mich nicht an, kümmert euch nicht um mich, denn als Lohn erhaltet ihr nichts als Leid.

In der vorigen Ortschaft gibt es eine Frau, die das bezeugen kann.

Obwohl ich nicht weiß, wo Yvonne ist. Sie verschwand, ging zur Tür hinaus, bevor ich meinen Koffer gepackt hatte, denn sie würde nicht allein bleiben, nicht mit leeren Händen in einem feuchten Haus an einem kalten Meer aufwachen. Sie war nicht wie die andere, die blieb.

Und sie umrahmte ihr Gesicht auch nicht mit Strähnen, um in meinen Augen schön zu sein; ihre Haare fielen einfach so.

Sie wird es überstehen, sie wird Trost finden, denn solche wie sie will die Welt trösten. Vielleicht ist sie jetzt dorthin gegangen, wo sie auch war, als sie sagte, sie sei *am Strand* gewesen.

Ich werde sie vergessen.

Ich werde sie nie vergessen.

Der Zug erreicht den nächsten Bahnhof, und es steigt eine Frau ein, die mir gegenüber Platz nimmt. Sie hat ein junges Gesicht, aber den müden und ruhigen Blick eines älteren Menschen. Ich frage mich, ob sie den Blick schon immer gehabt hat, schon als Kind, wenn sie am Strand spielte und sich wünschte, erwachsen zu sein.

Sie sieht mich kurz an, und ich wende den Blick ab. Plötzlich fällt mir etwas ein, was ich durch Yvonne vergessen hatte: dass ich hier fremd bin.

Wenn mich Yvonne ansah, lagen in ihren Augen nie Misstrauen oder Angst, sondern Neugier und Verbundenheit und später Liebe, so absolut wie die Schwerkraft.

Aber am Ende, dennoch, Leere.

Vielleicht haben wir die Liebe falsch aufgefasst, denn hätten wir sie richtig aufgefasst, wäre sie dann so zerfallen? Sie brach von meiner Brust ab wie ein Brocken von einem durch die Sonne erwärmten Eisberg, und wir flüchteten uns zu dem anderen vor den Dingen, die wir in uns selbst nicht löschen konnten. Ich floh vor der Schuld, konnte ihr aber nicht entkommen, ich trug sie auf dem Rücken wie einen großen schwarzen Hund. Der Hund kratzte an meiner Haut, und seine Krallen wuchsen, und Heuchelei höhlt den Menschen innerlich aus wie ein kleines, frisch geschärftes Messer.

Ich liebe die, die ich verlassen habe, noch immer, auch wenn ich ebenso gut die Frau, die mir gegenübersitzt, lieben könnte.

Ich will in ihren Armen verschwinden, um Entschuldigung bitten.

Denn eine Entschuldigung kann man nicht erzwingen, man kann sie nur erbitten.

Aber zuvor muss die Stille ertragen werden.

Die Fahrt, die lange dunkle Fahrt in die Stadt, in der eine Frau am Fuß einer Steilwand sitzt und auf einen Jungen wartet.

Auf den Jungen. Aber daran denke ich jetzt nicht.

Es ist schwer, mit einer solchen Wunde weiterzureisen.

Als der Zug in der Hafenstadt ankommt, stehe ich auf und verabschiede mich innerlich von der Frau gegenüber.

Ich wünsche ihr Freude, und sie sieht mich kurz mit Trauer im Blick an. Sie ist schließlich erwachsen geworden, trägt aber immer noch eine namenlose Hoffnung in sich.

Werde ich eine solche Traurigkeit in Lises Augen sehen? Wird sie bereit sein, mich anzuschauen, wenigstens kurz? Wird sie noch wissen, wie ich früher war, damals, als sie gekommen ist und die hart gewordenen Schuppen von mir abgeschüttelt hat, denn eine solche Kraft, eine solche Entschlossenheit steckte in ihr. Und alles darum herum brüchiges, dünnes Eis.

Auf dem Bahnsteig zieht es, die Luft geht durch mich hindurch wie durch ein Fenster, das offen geblieben ist.

Ich weiß nicht, was mit ihnen geschehen wird.

Was denken sie, wenn sie diesen Bahnsteig betreten, dieses Land der Milchflaschen und kleinen Vögel? Wird ihnen Gutes widerfahren, werden sie Fisch mögen, der zum Zwieback gebraten wird? Vielleicht schieben sie ganz mühelos ihre Füße in harte Kunstlederschuhe, gehen über sonnenwarmen Asphalt und im Winter durch Matsch, als wären sie schon immer auf diesen Straßen unterwegs gewesen.

Vielleicht war ich derjenige, der es nicht konnte.

Den man hätte beschützen müssen.

Dem man nicht verzeiht, weil er nie darum bittet.

VIERZEHN

Tristan da Cunha, Oktober 1961

JON

Es ist heiß.

Feucht und heiß, wie in einer Unterwasserhöhle, in die Gottes Blick nicht vordringt.

Ich weiß nicht, ob man sich bewegen müsste oder erstarren, um auf ein Wunder zu warten: In der Bibel kommen die dauernd vor. Wenn man auf dem Wasser gehen kann, dann vielleicht auch auf der Lava.

Ich habe die Fischerboote davonfahren sehen, ich habe Vögel hoch in den Himmel fliegen sehen. Sie haben Löcher in die Wolken gemacht.

Alles Lebendige ist geflohen.

Die Lava fließt in die andere Richtung, aber wie lange wird es dauern, bis sie ihre Meinung ändert? Wenn sie will, kann sie den Weg abschneiden, der von hier zum Dorf hinunterführt, wo ich versuchen müsste hinzukommen, denn dort habe ich zuletzt Leben gesehen, und dort ist auch der Hund bestimmt hin.

Der Ausreißer, der Verräter, so wie alle anderen auch.

Man hätte einfach das Fenster einwerfen, den Karren umkippen und die Koffer anzünden sollen, dann wäre Vater dageblieben. Und Mutter leicht und lachend gewesen. Aber war sie denn je so?

Man muss aufhören, sich Sachen vorzustellen.

Man muss aufstehen und den Schatz zurücklassen – und

bald werde ich auch aufstehen, ganz bald, sobald ich aufhöre zu zittern.

Ich bestehe nur aus Kopf und gar nicht aus Körper, habe ich einmal gesagt.

Wie dumm.

Kindisch.

Die Zeit vergeht, bleibt aber trotzdem stehen. Ich treibe mit den Sternen im Leeren, mit drei Königen, die miteinander verbunden sind, aber niemals zusammenstoßen. Sie sehen voneinander immer dieselben Stellen, den Nacken, den Umhang, der in der Dunkelheit weht, alles geschieht immer zur gleichen Zeit in derselben Reihenfolge, und sie fallen nicht herunter.

Aber man muss aufhören, Geschichten zu erzählen, an Märchen zu glauben. Man muss sich dem Dorf entgegenbewegen, denn der Abend kommt, und wenn die Dunkelheit kommt, ist alles noch dunkler. Vielleicht wartet unten jemand auf mich, jemand, der atmet und die flüssige Masse am Hang fernhält.

Es dämmert am Himmel, aber ich weiß nicht, ob das mit der echten Dämmerung zu tun hat oder mit dem Rauch.

Das darf man nicht denken.

Man darf nicht nach rechts schauen, wo die Landschaft schwarz ist, rot, man darf nicht auf den Berghang schauen, an dem sich ein neuer Berg gebildet hat, man muss einfach gehen. So tun, als ginge ich an einem sonnigen Tag den vertrauten Weg hinunter und das Abendessen wäre bald fertig. *Vergiss nicht die Schuhe abzustreifen*, würde Mutter aus der Küche rufen, und ich würde in den Hausflur treten, in dem es nach Brühe und Fett riecht.

Als ich die Ebene erreiche, von der aus sich der Ausblick aufs Dorf richtig öffnet, sehe ich, dass die Konservenfabrik unter Lava begraben ist.

Die Lava hat das Haus neben der Konservenfabrik verschüttet, und wenn sie weiterfließt, wird sie den Pfad überschütten, dann die Grasfläche auf der anderen Seite des Pfads, und bald danach wird sie gegen die Felswand stoßen, sodass der Weg nach unten versperrt ist.

Ich schaue auf den Pfad und höre Mutters Stimme: *Selbst wenn Tristan explodieren sollte.* Warum sagte sie das? Warum ging sie durchs Fenster, obwohl die Tür offen stand?

Der Pfad ist bereits abgeschnitten.

Über das Gras könnte ich es noch schaffen.

Der brennende Fluss bewegt sich und funkelt, der schönste und schrecklichste Fluss, in dem kein einziger Fisch vorankäme. Die Flossen würden schwarz werden, die Kiemen zusammenschrumpfen und das kleine Herz ersticken, und darum ist alles Lebende geflohen, sogar die dümmsten Kreaturen sind davon.

Ich bin allein auf der Insel, die zur Hölle geworden ist oder zum Tor des Paradieses: Morgen esse ich dort einen Apfel.

Morgen sehe ich dort meinen Vater, oder es ist so hell, dass ich ihn nicht sehe. Nur seine Nähe spüre, die Hände rieche, gegen die der Tod gestoßen ist. Die Finger legen sich auf meine Haare, es kitzelt am Ohrläppchen, und ich fange an zu lachen.

Allmählich sind Farben und Formen zu erkennen, und es ist keine Einbildung und nicht der Traum von Schiffsaugen, als ich in der Ferne zwei menschliche Gestalten sehe, die sich auf mich zubewegen.

BERT

Menschen bleiben nicht an Orten wie diesem.

Er ist eine Falle, eine langsame Guillotine, der einzige Ort, an dem ich sein will. Martha wusste es: Martha, die in der Küche einen Wurm untersucht, Martha in neuer weißer Bettwäsche und glücklich auf dem Deck der *Tristania*, denn endlich passiert etwas.

Es schnürt ihr die Brust zu, und Tränen rinnen ihr heiß über die Wangen, aber gleichzeitig lächelt sie – ich kenne sie, besser als alles sonst.

Aber was verletzt sie?

Das ist das Einzige, was ich von ihr nicht weiß.

Etwas war kaputt, von Anfang an, ich konnte es nicht reparieren. Bekam das Verdorbene nicht weg. Wir erhielten Geschenke, die wir nicht wollten, der Pfirsichbaum wuchs im Garten allein, der Wind fuhr zwischen den Ästen hindurch und peitschte das Fenster.

Martha schaute auf den Jungen im Kinderstuhl und dachte, *das könnte meiner sein, mein Schoß ist leer.*

Ein dummer Junge, ein mutiger Junge, das könnte nie meiner sein. Er hasst mich, hasst solche wie mich und liebt solche wie Martha, die weich sind, aber alles aushalten.

Wir haben an den falschen Stellen gesucht, im Ziegental und in der Hottentottenschlucht, dabei hätten wir es wissen müssen: Dieser Junge geht nicht an gewöhnliche Orte.

Wir hätten auf Sam hören sollen, der sagte: »Ein Versteck, in der Zigeunerschlucht.« Aber ich hörte nicht auf ihn, ich glaubte nicht, dass jemand auf jene Seite des Berges gehen würde, denn dort wohnt der Tod und auf der anderen Seite die Hoffnung.

Jetzt bewegen wir uns endlich auf das Versteck zu. Wir gehen durch das verlassene Dorf zur Drei-Steine-Gabelung, dort machen wir halt, denn wir sehen die Konservenfabrik und Tildas Haus, sehen, dass sie nicht mehr da sind.

Sams Zuhause gibt es nicht mehr.

»Sam ...«, sage ich, aber er winkt nur ab und geht weiter.

Wir müssen den Pfad umgehen, denn er ist von Lava verschüttet, aus der ein Schornstein ragt wie die Hand eines Ertrinkenden.

Vom Fuß der Schlucht aus sehen wir den Jungen. Er wirkt klein. Kann ein Mensch so klein aussehen?

Er steht oben, blickt auf Tildas Haus und glaubt, zurückzukehren.

Er blickt auf die Konservenfabrik, sieht sie aber nicht: die Fische in ihren Dosen, in Stücke geschnitten, ohne zu atmen.

Als er uns bemerkt, steht er einen Moment auf der Stelle, dann rennt er los. Wir sehen, wie ihm bald der Weg abgeschnitten wird, wie der Fluss, durch den man nicht schwimmen kann, zwischen uns fließt – nicht schnell, nicht langsam, sondern genau in der Geschwindigkeit, die ihm genehm ist.

»Er schafft es nicht«, sagt Sam, aber der Junge gibt alles, rennt, als hätte er Sterne an den Füßen.

Und dann renne auch ich, obwohl ich weiß, dass ich nicht die gleiche Geschwindigkeit habe, nicht das gleiche Glitzern wie der Junge: Ich bin alt, nicht so sehr der Zahl nach, sondern nach den Abnutzungen, die die Tage in mir hinterlassen.

Bei manchen entstehen mehr davon als bei anderen.

»Schneller!«, ruft Sam, obwohl er selbst auf der Stelle steht. Er schätzt sein eigenes Leben mehr als meines, und das verstehe ich.

Ich bestehe aus gleichmäßigem, mattem Licht.

Und neben mir glüht Martha wie eine Zündschnur, wie eine Bombe.

Sie wollte mehr, immer mehr, als ich war, und ich gab ihr alles, damit sie nicht explodierte. Aber eines Tages war nichts mehr da, ich war bloß noch eine Hülle, die in der Sonne verblasste.

Martha. Bert.

Und ein Herz dazwischen.

Ich wollte die Geschenke verbrennen, ich wollte mich rächen, wusste aber nicht, an wem und warum, und jetzt ist es zu spät.

Der Junge muss gerettet werden.

Er ist nah, näher, *jetzt*: Er streckt die Hand aus.

Ich nehme ihn auf den Arm, und er wiegt so viel, als wären seine Knochen aus Blei oder die Sehnen aus Eisen oder als wären in seinem Kopf genau in diesem Augenblick sämtliche Gedanken der Welt entstanden.

Der Schatz.

Er ist gefunden worden, er hängt mir am Hals und schmilzt.

Die Fasern unseres Fleisches überlappen sich, und das Blut strömt heiß von meiner Schlagader in seine, so heiß, dass ein Mensch es nicht verstehen kann.

Sondern nur spürt.

Als ich stürze, höre ich überall um mich herum Goldmünzen fallen.

Und sehe nichts mehr als Helligkeit.

FÜNFZEHN

Kapstadt, November 1961

MARTHA

Als Jon und Sam nach Kapstadt kommen, sieht Martha die Schafe.

Mit ihnen fing alles an, mit den Klauen, die in der Erde scharrten und dann nur noch in der Luft, die Schafe wurden zu Feuerbällen im Bauch der Erde. Martha sieht sie, aber gleichzeitig auch den Jungen, der das Fallreep heruntergeht, heraus aus seinem Versteck, unerreichbar für den geschmolzenen Stein.

Neuen Gefahren entgegen: auf seine Mutter zu.

Der Junge geht an der Hand eines Mannes.

Sam trägt neue Kleider, die Martha nicht kennt – ein sauberes Hemd, Stoffhosen, die an den Knien nicht ausgebeult sind wie alle seine früheren Hosen –, aber er hat noch immer dieselbe schlechte Haltung, dieselbe Art, sich möglichst unauffällig zu bewegen, auch wenn das jetzt schwer ist, denn der Hafen füllt sich mit Menschen, mit neugierig blitzenden Lichtern.

Sie verlassen das Fallreep. Bald werden ihre Gesichter bloß Druckerschwärze auf den Seiten der Zeitungen sein: *unwirkliche Nachbildungen*, denkt Martha, aber dann fällt ihr ein, dass es keine wirklichen Gesichter gibt. Gesichter verändern sich, und Hände tun an einem Tag das eine und an einem anderen das andere, und plötzlich wohnt der Hass dort, wo Liebe sein soll, plötzlich ist da Zerstörung anstelle von Sorge und Tod, wo Leben entstehen sollte.

Martha schüttelt den Kopf, schüttelt das Bild ab.

Sinnlos, jetzt daran zu denken.

Sinnlos, sich zu fragen, was die Erde geschluckt hat, denn jetzt wird sie ihren Bruder zurückbekommen, den, der sieht, weil er hinschaut.

Sam geht auf sie zu, und da, vor allen anderen, halten sie einander und mit sich alles, was sie verloren haben. Und Martha denkt nicht an einen Körper, an keinen von ihnen.

Sie möchte Sams Hand nehmen und weggehen, in der Leichtigkeit der Straßen verschwinden und ihrem Bruder den Berg zeigen, der über der Stadt aufragt wie ein grauer, harter Gott.

Aber Sam ist ein Held und muss sich auf Fragen konzentrieren, auf Zeitungsleute, und das ist die Geschichte: Der Junge war eingeschlossen, der Mann trug den Jungen in Sicherheit.

Der Mann sagt: *Ich konnte ja nicht einfach zuschauen, wie der Junge vor meinen Augen verbrennt.*

Nein, wir hatten keinen Hunger.

In den Speisekammern war genug.

Wir gingen von Haus zu Haus, behielten die Lava im Auge.

Sie floss ins Meer.

Das Meer wurde weiß wie Milch.

Als die Lava stoppte, stoppte sie wirklich: erstarrte und ließ uns in Ruhe.

Es war still.

Es war zu still, und wir warteten auf das Schiff.

Das Schiff kam, dann warteten wir, bis der Wind drehte, und schließlich, so wie immer, drehte er.

An dem Tag verließen wir unser Zuhause, die Geisterinsel, die Schatzinsel, überließen ihr den Dritten von uns.

Den Dritten, hört Martha, denn Bert hat keinen Namen.

Bert hat nie weggewollt und wird nicht weggehen.

Man muss aufpassen, was man will, muss sich überlegen, was man erhofft, und *ist es so, wenn sich Wünsche erfüllen* – der Satz hallt in Marthas Kopf wider, wie ein Echo aus einem anderen Leben, aus einem, in dem die Schafe heil sind, nur andere Kreaturen kaputt.

JON

Die Leute schauen mich an wie eine Kreatur, die vom Himmel gefallen ist.

Sie dürsten nach meiner Geschichte, *was für ein Junge, wie mutig*, sie sehen Dinge an mir, die ich nicht an mir habe. Vielleicht gibt es in der Außenwelt so etwas: dass die Menschen aneinander Dinge sehen, die sie sehen wollen, und sich dementsprechend verhalten.

Meine Mutter steht am Ende des Fallreeps und sieht älter aus. Kleiner. Ich weiß nicht, ob das mit der Größe zu tun hat, die sie umgibt, oder damit, dass ich weg war und sie eine Reihe schwarzer Tage durchlaufen hat. Aber jetzt mache ich die letzten Schritte auf sie zu, der Tag klart auf, und sie schließt mich in die Arme, als wäre ich der einzige Junge auf der ganzen Welt.

Sie fragt, ob es mir gut geht, und ich nicke, denn meine Knochen sind heil.

Martha schaut mich an wie einen Fremden. Sie steht neben Sam und sieht, dass ein Ungeheuer aus mir geworden ist, Kind und Erwachsener zugleich, einer, von dem man sich fernhalten soll, denn sosehr er auch versucht, Gutes zu tun, tut er doch Schlechtes. Er kann es nicht anders.

Beantwortet mit fremder Stimme Fragen.

»Nein, ich hatte keine Angst; nein, der Himmel war nicht schwarz.«

Hätten sie die Helligkeit gesehen, die wir auf unseren Schultern trugen wie ein scharf umrissenes Tier, würden sie nicht solche Fragen stellen.

»Stellt nicht solche Fragen«, sagt jemand – es ist der Mann, der neben meiner Mutter steht.

»Der Junge ist müde, die Fahrt war lang«, sagt er, und die Menschen weichen zurück, und wir gehen an ihnen vorbei, und sie mustern mich und sehen alles falsch.

Erst im Auto vereinigt sich meine Stimme wieder mit meinem Gesicht, und erst da lässt Mutter meine Hand los.

Es ist großartig, sich schnell fortzubewegen. Auf der Stelle zu sitzen und die Formen des Hafens, die Vierecke der Container und die Kräne, die sich recken, zu sehen: dann die Stadt, die Gebäude und Reklameschilder, die Autos, die Menschen, die Blumenbeete, alles huscht und gleitet schnell vorbei.

Fünf Tage lang habe ich das Meer betrachtet.

Fünf Nächte lang habe ich in einem schaukelnden Bett geschlafen, bin aufgewacht und eingeschlafen, habe die Augen aufgerissen und wieder geschlossen. Manchmal sind die Lider kalt wie Eis gewesen und manchmal wie Feuer, und da habe ich geschrien.

Niemand hat es gehört.

Sam schlief in seiner eigenen Kabine und hatte seine eigenen Erscheinungen, und am Morgen trafen sich unsere Blicke nur, um sich gleich wieder abzuwenden. Aber die ganze Zeit spürte ich, dass mich jemand anstarrte, der Steuermann, die Putzfrau, der Eidotter, wenn wir beim Frühstück saßen und versuchten zu schlucken.

Meine Mutter weiß nicht, was ich getan habe.

Ich weiß nicht, was meine Mutter getan hat, aber jetzt ist sie warm und auf ihrem Platz, auch wenn sich alles ringsum bewegt. Ich lehne den Kopf an sie. Schaue auf den Nacken des

Mannes, der das Auto fährt, und plötzlich dreht sich der Mann um und lächelt mich mit feuchten Augen an.

Dann richtet er den Blick wieder nach vorne, denn in die Richtung fahren wir.

LISE

Jon ist warm, wie ein Lavatier in meinen Armen.

Oder wie ein Stern, mit scharfen Rändern und heiß: Lise weiß, dass Lars dem Jungen die Sterne gezeigt hat. Dass es einen Abend gab, an dem Vater und Sohn im Gras lagen und zum Himmel deuteten.

Lise trat aus der Tür und sah sie, dachte an das nasse Gras und dass die Kleider schmutzig wurden, dass sie so einen Mann hatte. Er würde noch erfrieren. Die Flecken an der Hose des Jungen würden nicht herausgehen.

Aber in der Stimme des Jungen klang durch, wie glücklich er war, und sie ließ die beiden in Ruhe.

Sie wandte sich ab und ging ins Haus, presste ihre Liebe zusammen, damit sie in die Räume passte.

Jetzt sitzt sie mit einem Lavatier in den Armen da. Es ist ihr eigenes, aber doch getrennt von ihr, es hat Dinge gesehen, die Lise nicht gesehen hat.

Lise versucht zu denken, dass der Schaden gering ist, dass die Zerstörung viel größer sein könnte – sie könnten jetzt alle weit weg sein und Afrika vom Himmelsrand aus betrachten oder dem Schiff hinterhersehen, das ohne seine neuen Passagiere nach England fährt. Aber hier sitzen sie, spüren die Bewegungen des Autos und hören das Motorgeräusch wie als Beweis dafür, dass sie am Leben sind.

Lise denkt nicht daran, wessen Schuld der Schaden war,

denn der Berg hat ja aus ihnen allen Opfer gemacht, hat sie von seinen Hängen abgeworfen und gezwungen, nachzuschauen, was sie auf dem Grund der Schlucht erwartet.

Sie schaut auf den Nacken des Mannes, der vor ihr sitzt.

Sie schaut auf die Stadt, deren Fremdheit ein bisschen nachgelassen hat, die Feindseligkeit hat sich gelegt, und die unbekannten Menschen verursachen mit ihrer Gleichgültigkeit keinen Schmerz mehr.

Der Junge ist hier, in Sicherheit, und in dem Jungen sein heißes Herz. Und dieser Augenblick, in dem Lise ihre Hand in dem fransigen Haar versenkt und fragt: »Schläfst du?«

Das Auto hält an einer Ampel, und der Mann, der das Lenkrad umklammert – so fest, dass die Knöchel weiß sind –, dreht sich nach hinten um und sagt: »Der Junge schläft.«

Der Mann lächelt Lise an, die das Lächeln erwidert, obwohl es sich an den Wangen sonderbar anfühlt.

MARTHA

Drei Wochen später

Die Helligkeit fällt so schwer auf Martha herab, dass sie erneut die Augen schließen muss.

Dann öffnet sie sie wieder, vorsichtig, langsamer, es ist schrecklich heiß und keine Erleichterung zu erwarten, der Himmel wird den ganzen Tag lang blau pulsieren.

Sie hat zu lange geschlafen. Sie geht in die Küche und weiß nicht, ob sie frühstücken oder schon eine anständige Mahlzeit zu sich nehmen soll; vielleicht genügt ein Frühstück. Sam wird nach der Arbeit kochen. Martha könnte das auch selbst tun, aber wenn sie es versucht, nimmt ihr Sam das Messer aus der Hand und sagt, *du setzt dich hin*.

Sam redet mehr als zuvor, als hätten die Bilder, die er aus seinem Inneren verbannt hat, Platz für Sätze geschaffen – oder Sam ist nur hier so, anderswo.

In der Außenwelt, denkt Martha und öffnet das Fenster.

Die Hitze drückt aufs Gesicht. Sie erinnert sich an die Worte des Arztes: *Versuchen Sie, gut zu essen, versuchen Sie, auf sich aufzupassen, auch wenn Sie es schwer haben.*

Wird sie das Mitleid nie loswerden?

Sie weiß, dass Bert fort ist, aber nicht, was alles geschah. Niemand hat es ihr erzählt, und sie fragt nicht danach.

Sie glaubt nicht an andere Welten, an einen Himmel, in dem das Gras grün ist und die Wiesen ewig blühen. Sie sieht Bert nicht in Helligkeit. Aus Berts Augen ist alles Licht gewichen, übrig geblieben ist nur Abwesenheit, eine Leerstelle. Die kann man nicht sehen und nicht anfassen. Man fühlt sie nur, das Gefühl ist ein Schmerz, und das muss man es sein lassen, bis der Schmerz nachlässt.

Das weiß Martha, das kann sie, denn das hat ihr Vater ihr beigebracht.

Der Schmerz lässt nach.

Die Farben stechen nicht mehr so spitz auf der Netzhaut wie vorher.

Unter dem Fenster geht eine Frau vorbei, jung, vielleicht in Marthas Alter. Ihre Ohrringe schaukeln in der Sonne, die Absätze klackern auf dem Asphalt, *go-gongg* hört Martha innerlich und winkt.

Sie denkt daran, wie ein Fischschwarm im Meer vom Kalten ins Warme und vom Schatten ins Licht schwimmt, ein Schwarm von Tausenden.

LISE

Drei Wochen später

Lise trägt ein zu langes Kleid aus zu dickem Stoff.

Sie sitzt im Park und spürt den Schweiß an ihrem Körper herabrinnen, sie stellt sich vor, wie er in ähnlichen milchweißen Tropfen über die Hand des Jungen rinnt wie Eiscreme.

Oder wie Wasser, am Ufer, als ein Schiff an der Insel vorbeifuhr und sie zu springen versuchte.

Man ließ sie nicht fallen.

Jon schluckt das letzte Stück der Waffel. Er wischt sich mit dem Handrücken den Mund ab und zeigt seiner Mutter die klebrigen Hände, und Lise nimmt ein Taschentuch aus ihrer Handtasche. Sie müssen fleckenlos sein, sie müssen werden wie die anderen im Park, damit sie bleiben dürfen.

Nicht dass Lise diese Stadt besonders liebte, nicht dass sie nicht diejenigen vermisste, die das Schiff mitgenommen hat – sie vermisst sie sehr wohl, sie hat Sehnsucht nach deren Gebärden, die auch ihre sind, nach deren Lächeln, das auch auf ihren, Lises, Lippen liegt. Sie weiß nur, auf unerklärliche, aber deutliche Weise, dass sie zu Hause angekommen ist.

Jon steht auf und geht zum Mülleimer. Lise versteht den Jungen nicht: Warum hatte er sich versteckt? Warum verließ er seine Mutter und ging allein in eine Höhle, wo sich jeder andere an einen Menschen geklammert hätte?

Sie hat geglaubt, das Kind zu kennen, aber sie hat nur ihre eigene Version von ihm gekannt.

Jetzt kehrt das Kind zurück, lächelt, in seinen Stadtkleidern sieht es sauber und umgrenzt aus. Der unruhige Geruch des Meeres ist durch den erdigen des Grases ersetzt worden.

Bald sieht Lise einen Mann, der hinter dem Springbrunnen hervortritt und unbeholfen winkt. Auch Lise hebt die Hand, und da kommt ihr die Luft leichter vor, als wäre sie von unsichtbarem Regen ausgespült worden.

»Hallo«, sagt der Mann, als er herankommt, »wie geht es Ihnen heute?«

»Gut, danke, es ist nur heiß. Als wäre man in Afrika.«

Der Mann lächelt. »Darf ich Ihnen ein Eis spendieren?«

»Danke«, antwortet Lise, »aber der Junge hat schon eines bekommen, und ich brauche keines.«

»Und ob Sie eines brauchen! Welche Sorten mögen Sie?«

»Ich weiß nicht ... Ich habe es nie probiert.«

»Sie haben es nie probiert? Dann ist es aber höchste Zeit.«

Der Mann geht mit großen Schritten auf den Kiosk zu, bevor Lise noch etwas sagen kann.

Wieder rinnt der Schweiß, er tropft Lise vom Nacken auf den Rücken und kitzelt, und sie drückt den Rücken gegen die Bank.

Kurz darauf kommt der Mann zurück.

»Ich habe dem Jungen auch noch eins mitgebracht«, sagt er, »denn wer so tapfer ist, hat das verdient.«

Lise bedankt sich und denkt, dass der Mann recht hat: Der Junge ist tapfer, ein Riese, Lise versteht nicht, wie so einer aus ihm werden konnte. Und auch nicht, warum sich der Mann nicht einfach hinsetzt und sagt, was er will.

Der Mann setzt sich.

»Es ist so ...«, fängt er zu sprechen an, und Lise befürchtet das Schlimmste. »Dass man sich in England viel Mühe gegeben hat. Man hat fieberhaft nach einem Ort gesucht, an dem man euch unterbringen könnte. Also nicht Sie, sondern ich meine … dass man eine Unterkunft gefunden hat. Einen alten Militärstützpunkt, wie ein kleines Dorf. Mit Platz für alle. Auch für Sie, wenn Sie wollen.«

»Aber …«, sagt Lise und spürt, wie die Bank schaukelt.

»Aber für den Fall, dass Sie hierbleiben wollen, habe ich für Sie gesprochen. Sie dürfen in der Wohnung bleiben. Dafür müsste allerdings bald Miete gezahlt werden. Sie müssen irgendwoher Geld bekommen. Verstehen Sie?«

Lise nickt und merkt, dass sie das Eis vergessen hat, das ihr auf die vor Erleichterung zitternde Hand läuft.

»Erdbeere«, sagt der Mann. »Probieren Sie es. Und sagen Sie mir später, wie Sie sich entschieden haben.«

Lise leckt und spürt einen kalten Trost im Mund, sie kommt sich dumm vor, als sie die Zunge entblößt.

Sie hört den Jungen sagen: »Mama will hierbleiben.«

SECHZEHN

Kapstadt, Dezember 1961

JON

»Mama will hierbleiben«, sagte ich damals im Park, aber sonst habe ich nicht viel gesagt.

Den Menschen fällt es schwer, Stille zu ertragen, aber bei mir beugen sie sich ihr, denn sie denken, ich habe ein *Trauma*, und man darf mich nicht unter Druck setzen. Dabei bin ich eigentlich immer eher still gewesen als laut.

Auf der Insel, als Sam und ich nach etwas zu essen suchten, spielten wir Seeräuber. Wir spielten, dass Tristan neu für uns ist und wir die Menschen, die dort wohnen, nicht kennen, denn so war es leichter, ihr Brot zu essen und in ihren Betten zu schlafen und sie nicht zu vermissen, obwohl wir sie vermissten.

Wir entkamen ihnen nicht.

Nicht dem, was Bert passiert war.

Wir redeten nicht darüber, es war unmöglich, die Worte waren zu klein, und wir spielten, nicht besonders gut, aber trotzdem.

Der Berg war verstummt, die Vögel waren geflohen, und die Hunde – auch der, der bei mir in der Grube gewesen war – zogen in großen, verwildernden Rudeln über die Dorfstraßen. Dann verschwanden sie vom Hunger getrieben nach oben auf den Berg.

Der Frühling kam mit gnadenloser Helligkeit über uns und kümmerte sich nicht darum, dass nur noch wir zwei übrig waren, die eine Last trugen, die sich normalerweise auf viele verteilte.

Wir machten Augenklappen.

Wir stiegen über Mauern und Zäune, und ich kletterte auf alle Bäume, auf denen das Klettern früher verboten war.

Sam verbot mir nichts, außer mich zu verstecken. Wir blieben zusammen, wechselten die Häuser, durchsuchten Schubladen und suchten Trost bei Dingen, bei Nähzeug, bei alten Briefumschlägen. So vergingen Tage, Nächte, in denen uns das Heulen der Hunde wach hielt und wir in der geteilten Dunkelheit schwitzten.

Eines Morgens sah Sam das Schiff.

Er stand mit schiefer Augenklappe am Fenster und schaute mich mit seinem einzigen sehenden Auge an: »Ein Schiff«, sagte er, sonst nichts.

Dann warteten wir.

Wir wussten, dass wir gerettet waren, dass man uns holen und an Bord bringen würde, dass man uns Essen geben und unsere Strümpfe wechseln würde und dass die Liebe zu uns größer wäre als zuvor, denn wir waren fast verschwunden.

»Aber sind nicht alle die ganze Zeit fast verschwunden gewesen?«, fragte ich Sam, und er starrte mich mit seltsamem Gesichtsausdruck an.

Am dritten Tag spürten wir, dass der Wind drehte.

Wir waren drinnen, in dem Zuhause, in dem wir uns seit der Ankunft des Schiffes aufhielten – Sam hatte das Bett gesäubert, das muffige Grau weggewaschen –, und wir spürten es. Zuerst schauten wir uns an, dann blickten wir auf die Windfahne, die draußen in die Richtung flatterte, die wir schon ahnten.

Am Ufer schauten wir dem Boot zu, das sich durch die Wellen mühte, und dachten: *Nicht so. Warum rudern sie so!*

Aber schließlich kamen sie an, zogen das Boot auf die Steine und winkten von hier, vom großen Strand, zum kleinen Strand, den es nicht mehr gibt.

Und als sie aufblickten, sahen sie den neuen Vulkan, der aus der Flanke des alten aufragte. Ich war stolz darauf, auf alles, was *unsere Insel* zustande gebracht hatte. Als hätten Sam und ich die Zerstörung mit eigenen Händen geformt.

Obwohl ich eigentlich wusste, dass unsere Hände klein waren und verbrannt – ich wusste, dass wir nur zu zweit waren, obwohl wir zu dritt sein sollten, und die Ankömmlinge wussten es auch und rochen den Tod.

Sam ging ihnen entgegen. Ich hielt Abstand und wartete ab, verschloss die Ohren vor dem, was geredet wurde, und lauschte dem Meer: Plötzlich hörte ich es wirklich, das Rauschen, das man hätte wegnehmen können, obwohl es bis dahin so vertraut gewesen war, dass es dasselbe bedeutet hatte wie Stille.

Bald machten die Lautlosen den Mund auf, und die Männer riefen mich zu sich. Aber sie waren Fremde, sie waren zu weit weg, und ich hatte mich versteckt. Ich wusste nicht, wo meine Mutter war, ich wusste nicht, wo mein Vater war, und diese Männer wussten nicht, wie schwer es war, sich zu bewegen, wenn der Körper schon schmolz wie eine Münze.

Er schmolz nicht.

Er war auf andere Art kaputt, sonst wäre ich hingegangen, zu den anderen, aber das war ein Ort, den ich nie erreicht habe.

Doch Sam –

Er war da –

Sam stand vor mir, griff nach meinen Händen und nahm sie mir von den Ohren.

»Jon, wir müssen gehen«, sagte er.

Und schließlich war es ganz einfach, so wie sich ein Vogel dem Wind überlässt: Ich stand auf und ging los.

LISE

Lise sitzt auf einem harten Holzstuhl in ihrer Küche, denn der Mann, dieser andere, dieser Oliver, der ihnen die Sitten der Stadt und die Geschmäcker beibringt, hat sie aufgefordert, sich zu setzen, zuzuhören und zu atmen, die Hände auf den Tisch zu legen.

»Ich habe Ihnen etwas mitzuteilen«, sagt er, und Lise schaut zum Fenster, vor dem die Sonne keine Anstalten macht, vom Himmel zu fallen.

»Also gut, erzählen Sie«, sagt Lise und hebt die Hand, legt den Zeigefinger und den Daumen um die Sonne und drückt sie zusammen wie eine Apfelsine. Aber es rinnt kein Saft auf den Tisch.

»Ihr Mann ist hier.«

Lise lässt die Sonne frei.

»Lars?«, sagt Lise, der Name ist ein spitzer Stein im Mund.

»Ja. Er ist nach Kapstadt gekommen.«

Der Stein schmeckt nach Kalk und Asche.

»Er hat eine Zeitungsmeldung über den Ausbruch gelesen. Er hat die lange Reise hierher gemacht.«

»Von wo?«

»Von England.«

Lise gibt einen Laut von sich, wie ihn Menschen von sich geben, wenn sie sich wundern wie Tiere und ihnen die Wörter abhandenkommen.

»Geht es Ihnen gut?«, fragt Oliver.

Lise nickt, die Geste kommt ihr fremd vor, als würde eine Feder den Nacken bewegen.

»Er möchte Sie sehen. Morgen, wenn es Ihnen passt.«

»Das passt schon ... Ich dachte nur, dass er tot ist.«

»Er ist durchaus lebendig.«

»Was soll ich ihm sagen? Schön, dass du wieder da bist? Dein Sohn hat auf dich gewartet?«

»Vielleicht müssen Sie nicht viel sagen. Er ist wohl derjenige, der reden will.«

Lise fragt sich, was Lars reden wird: welche Erzählung groß genug wäre.

Vielleicht ist sie auch klein, vielleicht hatte nur der Zug Verspätung gehabt und Lars hatte das Schiff verpasst, sich ein Zimmer in einem Hotel genommen. Im Foyer eine Frau kennengelernt, eine, die ganz normal aussah, eine, die nichts Schicksalhaftes an sich hatte. Aber etwas hatte sie an sich, das Lars gesehen hätte, und es wäre Zeit vergangen, die Meeresströmungen hätten ihre Bahnen gezogen, und der Regen wäre im Blick der Frau übers Fenster geronnen.

Und je mehr Schiffe den Hafen verlassen hätten, desto leichter wäre es Lars gefallen, sie einfach abfahren zu lassen.

»Sie abfahren zu lassen«, sagt Lise, und Oliver sieht sie an wie ein Kind, das sich in seiner eigenen Geschichte verirrt hat.

OLIVER

Früher am selben Tag, als Oliver den Mann im Hafen abgeholt hat, fragte der Mann: »Haben sie mich erwähnt?«

Der Mann wirkte ängstlich, aber auf andere Art als die anderen Insulaner, die Oliver kennengelernt hat. Er schien sich nicht vor der neuen Umgebung zu fürchten, sondern vor etwas in seinem Inneren.

Oliver hat gelogen. »Nein«, hat er gesagt, »sie haben Sie nicht erwähnt. Es gibt so vieles, woran sie denken, so vieles, woran sie sich gewöhnen müssen.«

Jetzt ist Oliver ängstlich.

Er sieht Lises Erschütterung, spürt den Einfluss, den der Mann auf sie hat, und warum auch nicht? Lange sind sie miteinander verbunden gewesen, auch noch, als der Mann fortgegangen war.

Der Mann hatte einen großen Raum von Lise mitgenommen. In Lise gibt es schrecklich viele Zimmer, in ihrem Inneren gibt es Klüfte, die sich in einer besseren Welt mit allem füllen würden, was klar und gut ist, aber jetzt sind sie voller Schlick und Bodensatz der Enttäuschung, und wenn Oliver könnte, würde er die Hand ausstrecken und alles Schlechte wegkratzen.

Er möchte den Mann nicht herkommen lassen, nicht einmal in die Nähe, er versteht nicht, wie man so etwas tun kann. Einfach fortgehen. Die Frau in den schrumpfenden Zimmern zurücklassen, auch den Jungen am Ufer wartend zurücklassen, all die langen Tage der Kindheit, die nie wiederkehren. Und wenn man es doch tut, wenn man trotzdem fortgeht, verdient man es zumindest nicht, zurückzubekommen, was man verstoßen hat.

Aber Oliver weiß, dass das Leben nicht funktioniert wie ein Kassenbuch.

Er fühlt sich klein.

Alle haben eine Vergangenheit, aber muss die von Lise unbedingt hierherkommen?

Seine eigene Vergangenheit ist tot, seine Frau machte die Augen zu und öffnete sie nie mehr. Die Lichter im Krankenhaus waren stark, zu weiß, und die Kittel der Ärzte ebenfalls – damit diejenigen, die bald gehen würden, sich schon im Voraus im Himmel fühlen konnten?

So hatte Oliver gedacht.

Die Schlussfolgerung hatte ihm keine Probleme bereitet, aber alles, was mit der Haut und den unter der Haut brennenden Zuckungen zu tun hatte, war ihm fremd. So ging das über Jahre, alles war kalt und die Landschaft mit schwarzem Filzstift umrandet, das Büro versank in Staub und Mappen, und das Herz versank immer mehr im Inneren, wie hätte man es dort jemals wieder herausbekommen sollen.

Dann trat die Frau von der Vulkaninsel ins Büro. In ihr war Strom, fehlgeleitet und knisternd, aber von der Art, dass etwas in Oliver in Bewegung geriet. Er spürte es, eine Berührung, obwohl die Frau ihn nicht berührt hatte, den Strom, obwohl die Lichter aus waren und die Sonne den Nacken streichelte wie die Pfote eines freundlichen Tiers.

Er hätte gern gelächelt, aber die Situation war keine, in der man lächelte. Die Situation war schrecklich, die Frau hatte alles verloren und wusste nicht, ob sie etwas wiederbekommen würde oder ob ihr Glück aufgebraucht war.

»Ist das alles?«, hat die Frau gefragt, und Oliver hat nicht geantwortet.

Jetzt bekäme die Frau alles wieder, falls sie es nähme.

Aber ihre Hand liegt flach auf dem Tisch und bewegt sich nicht.

JON

»Lars«, höre ich durch die Tür, als die beiden glauben, dass ich nichts höre.

Sie glauben, ich bin in meinem Zimmer mit meinen eigenen Sachen beschäftigt und still, und still bin ich auch, aber das heißt nicht, dass ich mich verschlossen hätte, sondern dass ich höre und sehe und das, was ich höre und sehe, in eine Ordnung bringe, und dann hoffe ich, dass die Ordnung nicht wieder zerstört wird.

Ich traue meinen Ohren nicht, denn meine Mutter spricht den Namen meines Vaters nie aus.

Wir haben gelernt, ohne ihn zu leben, schon als wir noch zu Hause waren und glaubten, dass man nicht ohne ihn leben kann, lernten wir es. Aber wir taten es, Tag für Tag wuchs die leere Stelle zu oder füllte sich mit anderen Dingen, und dann kam es so: Wir gelangten hierher und trafen neue Menschen, schrecklich viele Menschen, die freundliche Sachen sagten und schlimme.

Oliver ist oft bei uns und zeigt uns alles. Er hat uns mit ins Schwimmbad genommen, wo die Frauen in kleinen bunten Kleidungsstücken am Beckenrand entlanggehen und die Männer gucken. Zwischendurch schwimmen sie, die Männer und die Frauen und die Kinder, die an laute weiße Kriechtiere erinnern. Es war schwer zu glauben, dass die über dem Schwimmbad brennende Sonne dieselbe sein sollte wie zu Hause, und es war unmöglich, meine Mutter für meine Mutter zu halten, als sie mit nackten Beinen auf einem gestreiften Stoffstuhl saß und mit einem Strohhalm an einem orangen Getränk sog.

Er möchte Sie sehen.

Morgen.

Ich hatte mir das vorgestellt, diese Worte und wie ich vor Glück platzen würde.

Papa kommt zurück!

Zeigt mir den Rest der Sternkarte!

Aber als ich jetzt an der Tür stehe und versuche, mir meinen Vater vorzustellen, ist es unmöglich: Seine Füße auf diesem staubigen Teppich, das Raue seiner Hände und die Stimme, an die ich mich nicht erinnere.

Ich erinnere mich nicht an seinen Geruch, ich kann ihn mit Worten beschreiben, aber die Worte sind nicht wahr, nicht wie ein Geruch wahr ist oder wie es Mutters Hände im Park sind. Oder Olivers Brille, die immer den Platz wechselt.

Mutter macht die Küchentür auf, sieht mich und erschrickt. Sie ist zum ersten Mal böse, seit sie mich wiederhat – sie hat sich wieder an mich gewöhnt, sie ärgert sich über mich, denn wenn ich auch still bin, hindert mich das nicht daran, am falschen Ort zu sein.

»Jon, was tust du hier?«, fragt sie, ihre Augen sehen getrübt aus, wie von einem Schleier verhüllt.

LISE

Lise steht in der Tür und schaut auf das Gesicht des Jungen, das an das Gesicht von Lars erinnert: die gleichen symmetrischen Züge, der gleiche trotzige Blick und die abstehenden Ohren, die die eckige Klarheit des Gesichts weicher machen.

Jetzt gesteht es sich Lise wieder ein, der Junge sieht aus wie sein Vater, und er klingt auch so, macht beim Reden die gleichen langen Pausen, die manchmal das Ende sind.

Der Junge ist still. Als hätte man ihm die Zunge herausgebrannt.

Lise blickt hinter sich in die Küche, sieht den gesenkten Kopf und den vom Schweiß dunkel gefärbten Kragen des Mannes, und plötzlich kommt es Lise so vor, als nähme jemand ihr Herz in die Hand und drückte zu.

Oliver hat sie mit ins Schwimmbad genommen, ihnen die Freude zeigen wollen, die Arme der Schwimmer, die wie gespannte Federn aus dem Wasser kamen.

Und sie haben sich nicht getraut, sich unter die anderen zu mischen.

Sie saßen auf Terrassenstühlen und blickten über das Schwimmbecken hinweg aufs Meer, das hier klarer aussah, sodass Lise sich auf der offenen See eine große weiße Maschine vorstellte, die die Wellen polierte, bevor man ihnen erlaubte, gegen das mit sauberen Säumen versehene Ufer der Stadt zu schlagen.

Lise gefällt es, wie der Mann sie anschaut, wollend, aber ohne zu fordern. Er kommt nicht zu nahe, erschreckt sie nicht – ist ihr nur einmal nahegekommen, auf der Treppe, am Abend des Schwimmbadtages.

Er erträgt auch die Stille des Jungen, ärgert sich nicht darüber, dass der Junge immer an einen anderen Ort zu denken scheint als den, an dem er sich befindet. Auch im Schwimmbad, als der Junge sein Getränk mit dem Strohhalm verrührte, aber vergaß, es auszutrinken, sagte der Mann: »Das macht nichts, es ist ja auch schon ganz warm geworden«, und er lächelte, sodass auch Lise lächelte und dann der Junge, und dann saßen sie alle drei da und lächelten, und Lise hatte einen bitteren Zitrusgeschmack am Gaumen.

Sie spürte die polierten Wellen an den Zehen und über sich die glatte Zudecke des Himmels.

Und jetzt diese Neuigkeit, Lars, alle bedrückenden Dinge, die mit ihm verbunden sind, bleiben an Lise haften, gerade als sie vorgehabt hat, sie loszulassen, nachdem sie jahrelang von ihnen niedergedrückt worden ist. Hat sie nicht genug getragen, könnte sie nicht leicht wie ein Schmetterling am Rand des Schwimmbeckens entlanggehen?

Aber Lars wird kommen, er ist schon hier.

Falls er eine Sündenvergebung will, wird Lise sie ihm nicht geben.

Falls Liebe, weiß Lise nicht, ob sie noch welche hat, um sie ihm zu geben. Sie denkt, dass die Liebe zu schwierig ist, oder die Taten um sie herum sind es, all die schrecklichen Taten, zu denen die Liebe die Menschen bringt, sodass sie ihre Hände nicht mehr wiedererkennen.

Wie sehr hat sich Lise danach gesehnt: nach einer Welt, die sich in weiche Erde verwandelt, wenn sie und er sich umschlingen.

Aber der Mann ist nicht da.

Lars ist nicht da und Oliver auch nicht, die beiden verstehen es nicht, sie haben die Erde nicht den Verstand verlieren gefühlt und nicht gesehen, wie der Berg Galle spuckte und ihren einzigen Sohn von seiner Flanke stieß.

Lise hatte den Jungen, aber auch den Jungen ließ sie gehen. Sie schlief in der Hütte ein, seine Wärme an ihrer Seite, und als sie in der Nacht aufwachte, spürte sie die Wärme eines anderen und hielt ihn für den Jungen.

Wie konnte sie sich nur irren?

Der Junge ist still, aber am falschen Ort.

In der Küche sitzt eine zusammengefallene Statue.

Dann steht die Statue auf, kommt auf Lise zu und wünscht ihr viel Kraft. Berührt sie nicht, schaut sie nicht an, meidet Lises Blick wie plötzlich angehendes helles Licht.

Als Oliver weg ist, hallen seine Schritte noch lange in Lises Ohren nach. Und die Worte: *Ihr Mann*. Was für eine sonderbare Art zu reden. Was für ein außergewöhnlicher Gedanke, dass Lars mir gehören soll, denkt Lise, dass er auch damals mir gehört haben soll, als ich die Taten kannte, aus denen sich seine Tage zusammensetzten, wusste, wie er aussah, als er schlief: Er sah wie eine Robbe aus, die sich von ihrer Mutter wegverirrt hat.

Diese Nacht schläft Lise allein, zuckt im Bett, als nebelartig die Träume über ihr schweben. Undeutliche Gestalten steigen zur Decke auf und senken sich wieder herab, verbinden sich miteinander und öffnen ihren orange glühenden Mund.

Plötzlich ist im Nebel das Gesicht eines Mannes zu erkennen, ganz deutlich: mit der Axt geschnitten, mit dem Beitel bearbeitet.

Und Lise ist sich nicht sicher, ob sie an dem Gesicht mit

einem kleinen Messer weiterschnitzen oder doch einfach ihr Gesicht daran legen und dort lassen will, bis der Morgen kommen und die Antwort geben wird.

SIEBZEHN

Kapstadt, Dezember 1961

LARS

Schon früh am Morgen liege ich wach und stelle mir vor, wie es ist. Wenn die Erde anfängt zu zittern.

Begreift man dann nur seinen Körper, so wie beim Sex, oder wenn man im Innern eines großen Schiffes in einem schmalen Bett liegt und sich erbricht? Irgendwo weit weg, unerreichbar, am äußersten Rand des Geistes, blitzt ein Moment auf, in dem eine Frau an einem Apfelbaum lehnt und nach Rinde und Zucker riecht – und noch weiter weg, auf der anderen Seite des Geistes oder ganz im Geist eines anderen, sitzt ein Kind im Gras und zählt Früchte. Ein Kind, das immer zählt, Steine in Haufen sortiert und Vögel nach Gewicht auf Ästen.

Wie der Junge es gehasst hat. Dass die Erde zittert und der Kopf nichts dagegen tun kann.

Ich liege wach und falle von Neuem in unruhigen Schlaf. Es ist noch zu früh, und dennoch habe ich Angst, mich zu verspäten. Die Uhr an der Wand des Mietzimmers tickt laut, wie aus Rache, wie um daran zu erinnern, dass der Moment, in dem ich ihre winkenden Hände sah, sich entfernt. Aber gleichzeitig spüre ich diesen Moment näher rücken, bewege mich in einem Bogen wieder auf ihn zu.

Zum Ausgangspunkt. Und von dort aus weiter.

Werde ich diesmal richtig lieben können, sodass Lise mich nicht von den großen, hellen Räumen in ihrem Inneren ausschließt? Obwohl auch sie ihre Dunkelheit hatte, aber die war wie die Dunkelheit um die Sterne herum, und Lise sah bloß das Licht.

Und den Jungen, für den sie strahlen wollte.

Manchmal frage ich mich, ob sie mich überhaupt sah oder ob ich für sie nur eine Anwesenheit im Raum war, Hände und Füße im Bett neben ihr, während sie ihren eigenen privaten Traum hatte.

Dennoch war das Weggehen meine Tat, und falls etwas mit Lise kaputt war, hätte man es noch reparieren können. Oder es wenigstens versuchen. Das Boot hatte nur ein kleines Leck, aber ich versenkte es komplett, geriet unter Wasser und langte nach oben, aber jetzt ist es Zeit, aufzusteigen, das schleimige Wasser zu verlassen, das in die Augen läuft und den Blick verdirbt. Es ist Zeit, die feuchten Laken zurückzuschlagen und sich den Schweiß abzuwaschen, den die Sommernacht auf die Haut getrieben hat.

Das Wasser in der Dusche ist frisch und kalt. Ich schrubbe Schmutz und Reue ab, und auch Yvonne schrubbe ich ab, ihr schiefes Lächeln und die Sternkarte ihrer Sommersprossen, die Berührung, die das Blut stoppte und die Welt dazu brachte, sich zu drehen.

Ich wasche mich, bis die Haut rot ist, bis die Seife nur noch ganz klein ist und verschwindet und ich nichts mehr in der Hand habe.

MARTHA

Martha hat Lise oder Jon nicht mehr gesehen seit dem Tag, an dem Sam und Jon in der Stadt ankamen.

Martha hat nicht auf einem Terrassenstuhl gesessen und mit Strohhalm ein gelbes Getränk getrunken.

Wenn sie im Park sitzt und Eis isst, sieht niemand, wie es ihr auf die Finger rinnt, niemand kommt hinter dem Springbrunnen hervor und geht auf sie zu und sagt: Sie möchte bleiben.

Sie weiß nicht, was sie will, vorläufig darf sie hierbleiben, aber man würde sie auch gehen lassen. Auf dem Schiff wäre sie sicher, auf dem Schiff gäbe es einen Arzt und in England sogar viele, und die Mutter würde Martha die ewig gleiche Forderung ins Ohr keuchen.

Pass auf mich auf.

Martha hat die beiden nicht gesehen, Lise und Jon, aber sie spürt ihre Anwesenheit in der Stadt, ihre Spuren im Park und auch auf der Haut. Das tröstet sie, und dennoch ist es schrecklich.

Sie weiß nicht, bis wohin sie sich erstreckt.

Sie dehnt sich aus und schrumpft zugleich, das Glück erfüllt sie von oben und die Trauer von unten. Sie sehnt sich nach denen, die fort sind, aber gleich darauf ist sie dann doch wieder erleichtert – es atmet sich besser, wenn eine so schwere Last von einem abgefallen ist, es fällt leichter, aufzustehen, sich die Finger am Rocksaum abzuwischen und zum schmiedeeisernen Tor des Parks zu gehen.

Am Tor sieht sie zwei Frauen. Sie lachen und schwenken bunte Taschen, geflochten aus Stroh, das Martha an Tussock-Gras erinnert. Sie fragt sich, wie das Gras aussähe, wenn es an den Hängen von Tristan bunt wachsen würde, rot und blau. Wie es auf den Dächern aussehen würde, wenn der Tag sich neigte ... Aber da, gerade als sie an die Insel denkt, an die sie nicht denken dürfte, sieht sie hinter den Frauen eine Gestalt näher kommen.

Martha bleibt stehen und schließt die Augen. Unter den Lidern zucken Blitze wie dünne Nadeln.

Als sie wieder hinschaut, sieht sie, dass der Mann näher gekommen ist und die Miene des Wiedererkennens im Gesicht trägt.

»Lars«, sagt Martha und spürt die gleiche Miene an sich selbst.

»Hallo, Nachbarin«, sagt Lars, und Marthas Lippen bilden ein Lächeln, wie es ein Kind mit einem Stock in den Sand zeichnen würde.

»Ich habe schon gehört, dass du hier bist«, sagt Lars, »aber ich hätte nicht gedacht, dass die Stadt so klein ist.«

»Ich wiederum habe von dir überhaupt nichts gehört. Und auch sonst niemand.«

»Ja. Ich war eine Zeit lang weg.«

»Eine Zeit lang?«

»Na ja ... Sagt man nicht, dass die Zeit relativ ist?«

»Im Kalender ist sie es nicht.«

Lars lächelt. »Hast du dir einen Kalender angeschafft? Die Welt verändert uns in der Tat.«

»Das nicht. Aber was die Welt betrifft: Darf ich dich fragen, wo du gewesen bist?«

»Spielt das eine Rolle? In Kaufhäusern und kalten Räumen.«

»So, so. Na, hier ist es wenigstens warm.«

»Man kann nicht klagen.«

Plötzlich scheint sich Lars an etwas zu erinnern und wird ernst.

»Ich habe von Bert gehört. Es tut mir leid.«

»Danke.«

»Du hast viel verloren.«

»Am Ende verlieren wir alle etwas«, sagt Martha, denn sie will nichts Besonderes sein, will nicht diesen Ton im Gespräch haben.

Sie fügt hinzu: »Und wir alle haben unser Zuhause verloren.«

»Vielleicht kann man an vielen Orten zu Hause sein. Es geht ja wohl auch um die Menschen.«

»Natürlich. Aber du weißt, was ich meine. Tristan ist wie ein Mensch, er wird böse und beruhigt sich wieder und rächt sich und belohnt einen. Es ist kein gewöhnlicher Ort«, sagt Martha und wundert sich über ihre Gesprächigkeit.

»So habe ich das noch nie bedacht«, entgegnet Lars, »aber da ist sicher etwas dran.«

Martha schmunzelt. »Wenn du mir nicht sagen willst, wo du gewesen bist, sagst du mir dann, wohin du unterwegs bist?«

»Erst mal in den Park hier. Vielleicht beruhigt mich das, ich werde sie nämlich heute treffen.«

»Sie?«, fragt Martha, kennt aber, schon während sie fragt, die Antwort.

»Ja. Meinen Sohn und … Lise. Danach weiß ich vielleicht eher, wohin ich unterwegs bin.«

»Viel Glück«, sagt Martha, obwohl ihr Tonfall etwas anderes verrät.

»Danke. Das kann ich gebrauchen. Aber da wir schon einmal

beide hier sind, würdest du mir deine Adresse aufschreiben?«
Lars nimmt einen Stift und einen Zettel aus der Tasche.

Martha schreibt die Adresse auf und gibt den Zettel zurück. »Kannst du es lesen?«

»Das ist nicht gerade die Handschrift einer Lehrerin«, sagt Lars und grinst, »aber es geht schon. Und viel Glück auch für dich. Auch wenn ich nicht weiß, ob du weggehst oder bleibst.«

»Ich werde weggehen«, sagt Martha und lächelt, als hätte sie den Himmel von sich abgeschält und in die Tasche gesteckt.

LARS

An jenem Tag war der Fang reichlich gewesen.

Das ganze Deck der *Tristania* war mit Schuppen und zuckenden Fischen übersät, deren fleischige Flanken der helle Blick des Himmels durchbohrte.

Paul hatte gesagt: »Heute ist das Meer aber spendabel.«

Denn das Meer war launisch, und die Bewegungen der Fischschwärme waren unberechenbar, der Überfluss, der an einem Tag herrschte, konnte am nächsten Tag von einer einsamen verblassten Flosse abgelöst werden. Aber an jenem Tag umgab uns der Tod reichhaltig und spendete Leben, und es fehlte an nichts.

Nachdem wir den Fang an Land geschafft hatten, trennten wir die Fische, die an die Fabrik gingen, von denen, die auf unsere Tische kamen. Oder auf die der anderen: Oft brachten wir denjenigen Fisch, die ihn brauchten, aber nicht selbst fangen konnten – den Alten, Witwen und Kranken und an dem Tag auch den Gesunden, denn der Fang war reichlich gewesen.

Wir vereinbarten, dass ich in die Häuser der Mittelstraße und zu Tilda gehen würde und Paul in die anderen Häuser wie in das der Henderson, wo immer Zeit draufging. Die Alte redete nämlich; sie redete, wo Tilda schwieg, und auch wenn die Stille dort zäh über die Wände und zwischen die Finger rann, war es für mich leichter, zu Tilda zu gehen, leichter, ihrem Verfall zu begegnen als dem Blick der Henderson, der mich auch nach Jahren noch anklagte.

»Das sind aber schöne Fische!«, sagte Lise, als ich nach Hause kam. »Man wagt es kaum, sie zu essen!«

»Uns wird nichts anderes übrig bleiben, weil wir keine hässlichen gefunden haben«, entgegnete ich und küsste sie auf die Wange. Die Augen des Jungen leuchteten mit den Schuppen um die Wette.

Dann brach ich zu meiner Runde durch die anderen Häuser auf.

Als ich die Mittelstraße hinter mir hatte, den Austausch der Neuigkeiten und das Staunen übers Wetter, ging ich weiter zu Tildas Haus, öffnete das Tor, das in der Hofmauer hing, klopfte an die Tür.

Keine Antwort.

Ich machte auf und ging hinein, legte auf dem Tisch ab, was ich mitgebracht hatte, und rief: *Ist jemand da?*

Kurz darauf tauchte das Mädchen aus seinem Zimmer auf.

Es sah schläfrig, aber aufmerksam aus. »Meine Mutter ist Mausefallen holen«, sagte es, und ich erwiderte: »Die Mäuse haben also allen Grund, auf der Hut zu sein.« Das Mädchen lächelte scheu, so wie es seine Art war.

Sie blickte auf das Paket auf dem Tisch.

»Ich habe Fisch mitgebracht, den kann man nicht auf dem Tisch liegen lassen, er verdirbt«, erklärte ich, und ihr Lächeln wurde zu einem gereizten Blick. Sie wusste, wie man einen Haushalt führte, wie man den Bauch eines Fisches aufschnitt und in einem großen brodelnden Topf klare Brühe aus seinem Kopf kochte.

Ich hatte ihren Vater gefunden.

Ich hatte gesehen, wie etwas im Wasser trieb, das größer war als ein Fisch, kleiner als ein Wal und die Form eines Menschen hatte.

Ihr Vater war still gewesen.

Sein Gesicht zum Boden des Meeres gerichtet.

»Danke«, sagte sie und schaute mir in die Augen, und da sah ich, dass sie kein Mädchen mehr war, kein kümmerlicher, vom Wind gezauster Baum; der Stamm, die Wurzeln, alles war stark. Das machte sie schön.

»Keine Ursache«, sagte ich, machte eine Handbewegung und trat zur Tür hinaus. Das Mädchen oder die Frau ging in ihr Zimmer zurück, und draußen hörte ich, wie sie das Fenster öffnete, spürte, dass sie zusah, wie mein Rücken sich entfernte.

Ich mochte nicht nach Hause gehen.

Das Abendessen wäre bald fertig, der Fisch würde gar und weiß auf dem Tisch warten. Mit einer blinden Falte als Auge.

Ich wollte allein sein, wenigstens kurz, und dafür gab es einen Ort: die Hütte, oben zwischen den Wasserfällen. Sie war klein und morsch und gehörte niemandem. Irgendwann hatte dort eine verrückte Witwe gewohnt, von der behauptet wurde, sie flüstere noch immer in den Ecken mit der Stimme der Wasserfälle und bringe mit ihren Schritten die Bodenbretter zum Knarren. Aber ich hatte keine Angst vor Gespenstern oder dem Flüstern von Toten, denn ich wusste, dass die Worte der Lebenden größeren Schaden anrichteten, und stieg oft zur Hütte hinauf, um durchzuatmen.

Als ich die Tür aufmachte, merkte ich, dass schon jemand vor mir hergekommen war; die Frau erwartete mich, als hätten wir ausgemacht, uns zu treffen.

»Was machst du denn hier?«, fragte ich, nicht besonders freundlich.

Der Frau entglitt das Gesicht.

»Hast du keine Angst vor Gespenstern?«, fragte ich etwas sanfter, und sie schien sich zu beruhigen.

Sie sagte: »Ich komme manchmal her, um allein zu sein. So wie du auch, ich habe es gesehen.«

»Ich gebe es zu. Aber du kannst beruhigt sein, ich kann weitergehen.«

»Nicht doch. Hier ist Platz für uns beide«, sagte sie und klopfte auf die Bank neben sich.

Ich setzte mich, und sie legte den Kopf an meine Schulter.

Ihre Hände bewegten sich. Ihr Körper rückte immer näher, und bald spürte ich seine Form. Er war glatt, er war genauso, wie er sein sollte, all seine Trauer hatte er abgeschüttelt, dieser Körper, der zu meinem strebte und mich aufforderte, ihn anzunehmen – und das tat ich, obwohl ich wusste, dass ich es nicht tun sollte, dass die Taten der Lebenden mehr bedeuteten als die der Toten.

Oder glaubte ich, es wäre ein Traum, die Hütte eine andere Welt, deren Ereignisse im Rauschen der Wasserfälle untergingen und nie bis in die Welt vordringen würden, in der ich lebte?

Die Proportionen. Sie trogen. Eine kleine Handlung zwischen zwei Menschen, ein kleiner Augenblick im Halbdunkel, aber wie sehr er sich weitete, noch nach Jahren zuckte er, der hartnäckige Puls. Hätte ich diesen Pulsschlag damals empfunden, die Schwierigkeit vorhergesehen, die darin bestand, dass zwei Körper kurz nah beieinander sind, hätte ich vielleicht anders gehandelt.

Aber es war ein seltsamer Tag gewesen, der Fang reich, und die Frau hatte die Haare so schön im Nacken hochgesteckt. Das hatte sie sonst nie getan, sich auch nie ständig im Spiegel angeschaut, denn sie hatte es immer eilig, immer gab es Geschirr zu spülen und Münder zu füttern, und ich weiß immer noch nicht, warum sie gerade an jenem Tag ihre Beschäftigungen vergaß, zur Hütte hinaufstieg und den Kopf an mich lehnte.

Als ich mich von ihr löste, schaute ich ihr ins Gesicht, um eine Erklärung zu suchen. Aber ich sah nur einen Ausdruck, der zufrieden war oder vielleicht verlegen, den Ausdruck, den sie mir offenbaren wollte.

»Darüber kein Wort«, sagte ich.

»Natürlich nicht. Ich bin nicht dumm«, sagte sie und sah mich beleidigt an.

Da verstand ich, dass sie schon früher dort auf mich gewartet hatte, früher schon die Haare hochgesteckt und allein hier zwischen den Wasserfällen geatmet hatte wie ein Schatz, den niemand suchen gekommen war.

Nein, sie war nicht dumm, ich war es und hatte jetzt einen fremden Geruch an den Händen. Ich wusch sie im Wasserfall, schrubbte sie lange, aber der Geruch ging nicht weg. Das Wasser war kalt, die Strömung stark, warum hatte ich das getan.

Als ich nach Hause ging, hatte ich noch immer den Atem der Frau im Ohr, seine zähe Wärme.

JON

Wir sind in Olivers Büro.

Mutter sitzt neben mir und spielt mit ihrem Armband aus Holzperlen. Sie hat es von Oliver bekommen, der auf seinem Platz mir gegenübersitzt und auf die Papiere auf seinem Tisch starrt, aber nicht darin liest. Die Augen bewegen sich nicht.

Als es dreimal gleichmäßig an der Tür klopft, drehen Mutter und ich mich um, und Oliver sagt mit offizieller Stimme (die anders ist als seine Schwimmbadstimme): »Herein.«

Langsam senkt sich die Klinke. Die Tür geht einen Spaltbreit auf, und ein ordentlich angezogener Mann kommt zum Vorschein. Vorsichtig tritt er ein, wie ein Kind in einen Raum, den zu betreten ihm nicht erlaubt ist.

Vater ist weicher, grauer, überhaupt nicht so, wie ich ihn in Erinnerung habe. Mit scharfen Umrissen, kohlschwarzen Haaren.

Er geht bis zur Mitte des Raums, beugt sich nach vorn und breitet die Arme aus, aber erst einen Moment später begreife ich, dass er sie wegen mir ausbreitet.

»Jon«, sagt er, als ich auf ihn zugehe. »Du bist gewachsen.«

»Und du geschrumpft«, erwidere ich, und er lacht.

Er drückt mich und hebt mich ein Stück hoch. Fährt mir dann durch die Haare und zieht leicht an ihnen, das fühlt sich gut an.

Wie der Versuch, zu begreifen, wer ich bin.

Als ich mich umdrehe, sehe ich Mutter auf Vater zugehen, als wäre er ein Berg. Aber als sie näher herankommt, schrumpft der Berg, seine Hänge fallen in sich zusammen, und die Höhlen füllen sich mit Schutt aus Stein.

Übrig bleibt nur ein Mensch, mein Vater, mehr nicht.

»Lise.«

»Hallo.«

»Hallo.«

»Bin ich gewachsen?«

»Ich weiß nicht, was ich sagen soll.«

»Ich auch nicht.«

»Du bist nicht gewachsen. Aber schöner geworden.«

»Danke.«

»Ich war in England.«

»Ich weiß.«

»Ich hatte mich verirrt.«

»Ach ja.«

»Aber jetzt bin ich hier.«

»Sieht ganz so aus.«

»Ich bin so schnell gekommen, wie ich konnte, glaubst du mir das?«

»Das glaube ich. Mit dem Schiff dauert es Jahre bis hierher.«

»Es tut mir leid. Ich habe einen Fehler gemacht, aber ich möchte ihn wiedergutmachen.«

»Wie gedenkst du das zu tun? Wir haben nichts wiedergutzumachen. Wir haben kein Zuhause mehr.«

»Wir haben uns. Und vielleicht bekommen wir unser Zuhause zurück.«

»Das weiß niemand. Und ich weiß auch nicht, ob ich es zurückhaben will.«

»Ich will es.«

Mutter wirft einen Blick auf Oliver und sagt: »Vielleicht läuft das Leben einfach nicht so.«

»Das Leben läuft genau so, wie wir es laufen lassen«, sagt mein Vater, und dann sagt lange keiner mehr was.

»Vielleicht ist es am besten, wenn ich mit Jon kurz hinausgehe«, schlägt Oliver schließlich vor, und mein Vater antwortet: »Ja. Danke.«

Oliver steht auf und hält mir die Hand hin, und als ich sie ergreife, erschrecke ich, denn sie ist kalt wie etwas, das überhaupt nicht zu einem Menschen gehört.

LARS

Darüber kein Wort.

Und es fiel auch kein Wort.

Dennoch kam es mir so vor, als ahnte Lise etwas, sie las mich wie den Wind, und plötzlich blies ich aus der falschen Richtung. Ihre Haut stieß mich ab wie Öl das Wasser, und sie wurde stiller, während ich mehr redete, damit Laute den Betrug verbargen.

Aber Reden reicht nicht.

Stille reicht nicht.

Die Flucht übers Meer reichte nicht, denn vielleicht hält die Liebe wirklich alles aus und überwindet auch die größten Hindernisse, Berge, Meere und andere Menschen, wenn man daran glaubt. Und woran lohnte es sich mehr zu glauben?

Es gibt keinen anderen Weg. Es gibt keine andere Art, weiterzuleben.

»Das Leben läuft genau so, wie wir es laufen lassen«, sagte Yvonne einmal zu mir. Wir hatten gestritten, und sie sah mich mit roten Augen an. In mir war nur ein Teil von dem, was sie suchte.

Als ich mit Lise allein bin, hallt der Satz zwischen uns nach. Sie steht vor mir und verlangt eine Erklärung.

»Lise«, fange ich an, »ich muss dir etwas erzählen.«

»Bitte sehr«, erwidert sie. Ihre Stimme ist aus Eis.

»Es ist etwas passiert, bevor ich wegging.«

»Etwas?«, fragt sie, und da bewegen sich ihre Augen, obwohl die Lider reglos bleiben.

»Ja. Ich hatte eine andere.«

»Eine andere.« Sie fragt nicht mehr, sie stellt nur fest.

»Ich war mit einer anderen Frau zusammen. Ich wollte es nicht, tat es aber trotzdem. Darum ging ich weg. Ich konnte die Zeit nicht zurückdrehen und anders handeln. Ich ertrug es nicht ...«

»Ich wusste es«, unterbricht mich Lise.

»Du wusstest es?« Sie konnte es nicht wissen. Wie hätte sie so etwas für sich behalten können?

»Ja. Aber musstest du dich ausgerechnet für das Mädchen entscheiden?«

»Welches Mädchen?«, frage ich und denke an Yvonne – aber nein, so weit sind wir noch nicht.

»Du brauchst gar nicht so zu tun«, sagt Lise, »denn ich weiß alles. Martha ...« Sie spuckt den Namen aus.

Ich bin so verblüfft, dass ich auflache.

»Ich habe Martha nie angefasst«, sage ich, und Lises Gesicht füllt sich mit einem Hass, von dem ich nicht wusste, dass er in sie hineinpasst.

»Lüg nicht«, sagt sie.

»Nein. Es war nicht Martha.«

»Aber ...«, Lise verstummt.

»Sondern Elide. Es tut mir leid.«

Jetzt fällt Lise.

Sie stürzt.

»Aber ich habe sie stürzen lassen ...«

»Wen?«

»Ich habe sie stürzen lassen ... Und etwas ging weg.«

»Was redest du?«

»Aber es war von einem anderen. Es war nicht von dir.«

»Was?«

»Es! Das Baby.«

»Lise. Was hast du getan?«

»Ich verrate dir ein Geheimnis«, sagte die Frau zu dem Mann.
»Hast du Geheimnisse?«, gab der Mann zurück.
»Nur eines. Nur dieses: Selbst wenn Tristan explodieren sollte ... «
»Das wird nicht passieren.«
»In Geheimnissen kann alles passieren.«
»Aber nicht im Leben.«
»Woher weißt du das?«
»Du dumme Frau! Ich habe die Welt gesehen!«
»Und das macht dich klug?«
»Nein. Aber klüger als dich«, sagte der Mann lächelnd.
»Du bist stolz. Ich habe einen stolzen Mann genommen!«
»Den du bewunderst.«
»Den ich hasse!« Die Frau knufft den Mann in die Rippen.
»Tanzen wir«, sagt der Mann und lacht.

Und nimmt die Frau an der Hand und tanzt mit ihr im Kreis, im Kreis und zur Seite, und der weiße Strumpf der Frau rutscht herunter.

Aber warum sollte ihr das etwas ausmachen?

Ihre Fessel ist schön und gut gebräunt, und in den Armen des Mannes wird ihr nicht kalt.

Später: 1965

MARTHA

Edinburgh of the Seven Seas, Tristan da Cunha

Marthas Glück ist gelb, und die Trauer, die hat keine Farbe.

Sie steht auf dem Spähhügel, früh am Morgen, als Dunst den Horizont verhüllt und die Luft feucht eine Kleiderschicht nach der anderen und als Letztes die Haut durchdringt. Sie geht durch Membranen und Sehnen hindurch bis dorthin, wo der Mensch verdichteter ist als die Träne eines Vogels, und wird wieder zu nichts.

Martha wartet.

Schließlich löst sich der Dunst auf, und das Meer kommt hervor, jedes Mal ist es anders: das Blau, das Grün, das Weiß der Schaumkronen. Die Sonne geht auf und bringt neue Farben, enthüllt die Fischerboote, die im Hafen schaukeln und die Leinen in die Länge ziehen.

Die *Tristania* und die *Violetta*, heute werden sie am Ufer bleiben.

Heute wird der Mann nicht fischen, Martha nicht unterrichten, das Mädchen wird lautlos in seinem Bett schlafen, bis es aufwachen und das Haus mit seinen kleinen Schritten füllen wird und mit seinen Fragen, die niemals aufhören.

Haben Esel ein Herz?

Haben Wolken Hände?

Und diese, die eines Tages wie aus dem Nichts gekommen ist: Habe ich eine Schwester, die ich nicht sehe?

Der Himmel klart auf, ist schon ganz hell.

LARS

Edinburgh of the Seven Seas, Tristan da Cunha

Das Mädchen kommt aus dem Garten herein und schlägt die Tür hinter sich zu.

»Papa, ich habe einen Vogel gefunden!«, erklärt es so begeistert, dass ich es wegen der zugeschlagenen Tür nicht tadeln möchte.

»Ach ja? Einen besonderen?«

»Er hat mit mir gesprochen.« Das Mädchen ahmt die Vogelstimme nach.

»Was heißt das?«

»Bist du meine Freundin?«

»Das hat er gesagt?«

»Ja.« Das schwarze Haar fällt ihr in die Stirn, obwohl ich es nach dem Aufwachen mit einer Spange gebändigt habe.

»Na, dann hast du einen neuen Freund!«

»Genau! Ich weiß nur nicht, wo er hin ist.«

»Er wird schon wieder zurückkommen.«

»Woher weißt du das?«

»Vögel kehren immer zurück.«

»Woher wissen sie, wo sie hinmüssen?«

»Sie haben einen Instinkt.«

»Was bedeutet das?«

»Dass man etwas einfach weiß, obwohl man es nicht erklären kann. Jedenfalls nicht mit dem Verstand. Sondern mit dem, was hier schlägt«, sage ich und lege die Hand auf die Brust.

Das Mädchen schaut mich verwundert an. Seine Augen werden zu schmalen, skeptischen Schlitzen.

»Haben Vögel ein Herz?«

»Alle Tiere haben eines.«

»Auch Esel?«

»Selbstverständlich.«

»Und Wale?«

»Und was die für ein Herz haben. So groß wie ein Ruderboot.«

Seine Stimme wird lauter: »Und einen Instinkt? Haben sie auch einen großen Instinkt?«

»Ja. So groß wie das Meer.«

»Das glaube ich nicht!«

»Glaub es mir nur. Sie kehren auch immer zurück, und sei es von der anderen Hälfte der Erde.«

»Wie ist es denn dort?«

»In manchen Gegenden gibt es Löwen und Wüsten, anderswo Brücken und hohe Häuser. Aber an vielen Orten gibt es nur kleine Tiere und niedrige Häuser und sonst nicht viel.«

»Sind die hohen Häuser so hoch wie unser Berg?«

»Nein, der Berg übertrumpft alle Häuser. So groß ist er.«

»Wann bin ich groß?«, fragt es, und da weiten sich seine Augen. Es sind die dunkelsten Augen, die ich kenne: Pupille und Iris unterscheiden sich kaum voneinander, aber dennoch leuchtet der Blick. »Ich weiß nicht, ob ich es sein will.«

»Keine Angst«, erwidere ich, »bis dahin ist noch Zeit. Zuvor kannst du noch viele Vögel kennenlernen.«

Es lächelt, und neben dem linken Mundwinkel bildet sich ein Grübchen wie als Gegengewicht zu den Haaren, die ihm auf der anderen Seite ins Gesicht fallen.

Ich nehme es auf den Arm. Der kleine Körper ist vertraut, obwohl nichts an ihm von mir stammt.

Und als der Frühling seine Waffen niederlegt und die Gezeitenteiche wärmer werden, gehe ich mit ihm schwimmen. Ich lege es aufs Wasser und bringe ihm bei, an der Oberfläche zu bleiben, die Gliedmaßen so zu bewegen, wie man sie bewegen muss, wenn man will, dass die Zeit im Licht dieser Welt weitergeht.

Dann wickle ich es in ein Handtuch, drücke das Wasser aus seinem Zopf und schaue zu, wie die Tropfen dunkel im Sand verschwinden.

Als mir dämmerte, was Lise getan hatte, wollte ich sie nicht mit meinen Augen sehen. Ich sah bloß Schwarz. Ich schob die Hände in dieses Schwarz. *Gut, so durch und durch*, was für eine Lüge: Sie trug Werke des Teufels mit sich herum.

Sie schrie, und ich nahm die Hände weg.

Sie legte eine Hand an den Hals und keuchte.

Ansonsten war es still.

Ansonsten war es leer, sie stützte sich auf die Tischkante, und im Fußboden tat sich eine Luke auf, durch die ich fiel, durch die Stockwerke hindurch in die Tiefen der Erde. Lise war eine unbekannte schwarze Perle, wie nur eine unter einer Million entsteht. Warum musste ausgerechnet sie eine sein?

Ich machte die Tür auf und ging mit großen Schritten den Gang entlang, der Beamte kam mir mit bleichem Gesicht entgegengerannt. Ich ging weiter. Ich dachte an den Jungen, wieder war er allein geblieben und saß in einem der Räume, ich wusste nicht, wo.

Draußen war der Himmel eine heiße blaue Fliese. Ich blieb darunter stehen und zog den Zettel aus der Tasche. Ich schloss die Augen und sah Marthas Klarheit, im Park, auf der Insel, von Anfang an. Durch all den Ruß und Teer hindurch, der sich in dicken, tropfenden Schichten um sie herum gebildet hatte.

Als sie die Tür öffnete, wirkte sie erstaunt. Was wollte ich, warum war ich so schnell zu ihr gekommen?

Ich wollte Bescheid wissen, aber wie fragt man nach so etwas?

Stimmte es? Hatte Lise das getan?

Sie stürzen lassen?

Und wer war es, mit dem sie stürzte?

Und kaputtging?

Sie bat mich herein, nahm auch das entgegen, was jetzt zur Tür hereinstürmte, und nachdem sie sich von ihrem Erstaunen erholt hatte, war sie gelassen, ruhig. Sie erzählte mir von einem Tag vor langer Zeit.

Von einem Tag, an den ich mich gut erinnerte: Der Fang war reich gewesen, das Meer hatte sich aufgeplustert, und die Vögel hatten den Himmel mit ihren Schreien gefüllt, und als der Abend gekommen war, war ich zu ihr gegangen, in ihr Zuhause, wo sie die Gaben entgegennahm.

Und nachdem mein Rücken sich von ihrem Haus entfernt hatte, war nicht viel Zeit vergangen – so erzählte sie es –, bis wieder an die Tür geklopft wurde.

Sie hörte es, ging aber nicht aufmachen.

»Schwer zu sagen, warum«, sagte sie, »vielleicht ahnte ich, dass dort das Böse anklopfte.«

Aber das Böse gab nicht klein bei, sondern trat einfach ein, so wie ich es getan hatte, und hinterließ seine stinkende Gabe auf dem Tisch, so wie ich es getan hatte; das Böse ähnelte mir, das musste ich zugeben.

Das Böse trat ins Zimmer des Mädchens.

»Wer war es?«, fragte ich.

»Wer hat es getan?«, fragte ich weiter und schaute Martha an, und an ihren Augen sah ich, dass sie es noch nie erzählt hatte, niemandem.

»Du musst es mir sagen.«

»Warum?«

»Weil ich es wissen will.«

»Willst du das wirklich?«

»Ja. Auch weil man mich deswegen beschuldigt hat.«

»Lise hat ihre eigenen Vorstellungen.«

»Lise ist verrückt.«

»Da widerspreche ich dir nicht.«

»Wer war es?«

»Der Mann, dem ein Zahn fehlt.«

»Paul?«

»Wie hätte er sonst so etwas tun können?«

Es war also mein Freund. Mein bester Freund.

»Es war also Paul.«

Martha schwieg.

»Weiß er davon?«, fragte ich. »Davon, was dann geschah?«

»Nein. Davon wissen nur Lise und ich. Und die Henderson. Die Alte half mir, rettete mir wahrscheinlich das Leben. Ich schleppte mich zu ihr, sagte, ich sei gestürzt. Es sei glatt gewesen. Sie stellte keine Fragen.«

»Ich werde es Paul sagen. Und ihm befehlen, wegzubleiben.«

»Nein. Ich will einfach vergessen.«

»Ich schreibe ihm. Dass ich ihm die Knochen breche, wenn er herkommt. Oder nur in die Nähe.«

»Aber ich habe ihm schon verziehen.«

»Hast du das?«

»Ich kann nicht mehr hassen.«

»Das brauchst du auch nicht.«

Ich hasse für dich.

MARTHA

Edinburgh of the Seven Seas, Tristan da Cunha

Ein Jahr und vier Tage nachdem sie die Insel verlassen hatte, kehrte Martha zurück: ein Jahr und vier Tage, die von der Standuhr nicht gemessen worden waren.

Denn vieles war untergegangen.

Nach dem ersten Mal, als sie mit dem Mann über Wahrheiten gesprochen hatte, war der Mann immer wieder zu ihr gekommen. Sie hatte ihn hereingelassen. Sie hatte sich wie ein Licht gefühlt, weiß und orange, und das war ein gutes Gefühl gewesen.

Ihr Bruder ging fort. Ihr Bruder sagte, *ich muss gehen*, er müsse sich verlieren, um sich selbst zu sehen – denn er hatte immer die anderen gesehen, hatte die anderen als exakte, scharfe Zeichnungen gesehen, sich selbst aber in trübem Wasser.

Martha trauerte und fragte sich, ob der Bruder wegging, weil er nicht mit dem Mann, der so oft auf dem Sofa saß und Platz wegnahm, in einen Raum passte.

Muss er unbedingt hierherkommen?

Musst du unbedingt so aussehen, wenn er kommt?

Martha wusste jedoch, dass ihr Bruder zurückkehren würde. Sam würde zu ihr zurückkehren und ein Mädchen in den Armen wiegen, das eines milden Wintertages in einem großen Krankenhaus geboren wurde, als sich die Wolken am Himmel einvernehmlich stupsten und alles um Martha herum weich zu sein schien: Nur das, was mit Macht herauswollte, war klar und hart.

Vom Morgen an wollte es heraus, und Martha schrie und flehte alle Berge an, die sie kannte, alle Schiffe, die sie das Glück mitnehmen gesehen hatte, Seife und Gold, viele Male hatte sie das geglaubt.

Und als das Baby bei Anbruch des Abends endlich schrie, verschmolzen die harte und die weiche Welt miteinander.

Drei Monate später brachen sie auf.

Sie waren unter den ersten Rückkehrern, aber nicht die allerersten: Aus England war eine kleine Vorhut geschickt worden, um festzustellen, ob sich die Insel in bewohnbarem Zustand befand.

Die Tiere sind tot, stellten sie fest, *aber die Häuser stehen noch.*

Der neue Vulkan stand über dem Dorf wie ein schwarzes Gespenst.

Dennoch war er wirklich, der Regen floss an seinen Hängen herab, und der Wind kitzelte ihn im Nacken, und bald war es schwer, sich die Tage ohne ihn vorzustellen.

Die Häuser standen noch, aber sie mussten sich ein neues bauen, denn Martha wollte in keinem der alten wohnen. Nicht dort, wo Lars mit Lise gewohnt hatte, nicht dort, wo sie selbst mit Bert gewohnt hatte, und schon gar nicht dort, wo Paul und Elide mit ihrer Kinderschar gewohnt hatten, obwohl das Haus groß und leer war. Sie waren nicht mehr zurückgekehrt.

Die anderen kamen, fast alle kehrten zurück, denn in England war es kalt, die Wände waren dünn, und es gab zu viele Leute, die nicht wärmten. *Das Meer war weit weg*, sagten sie, *und wir versanken in der Erde.* Manche brachten einen neuen Partner oder eine neue Partnerin mit oder ein in der Evakuierung geborenes Kind, und ihr abgelegenes Zuhause war keine

Laune des Zufalls mehr, keine Hand Gottes hatte sie dort hingeworfen, sondern sie wählten ihren Platz selbst.

Das Haus wurde am Ende der meerseitigen Querstraße gebaut – genauer gesagt wurde die Straße ein bisschen verlängert, bis zu einer ebenen Stelle, wo Lars das Gras mähte und wo große, von der Erdkruste geformte Steine hingeschleppt wurden. Vom Haus blickte man sowohl nach unten zum großen Strand als auch nach oben zum Ziegental, zur Schule, in die Martha zurückkehrte.

Ihre Hand beschrieb einen großen Bogen, als sie den Weg auf dem Blau der Karte zeigte: Ihr seid hierhergekommen, ihr habt zurückgefunden.

Im Hof wurde ein kleines Nebengebäude für Marthas Mutter errichtet, die ebenfalls zurückgekehrt war und wieder atmete. Sie pflanzte mit dem Mädchen Blumen im Garten, nähte kleine Kleider mit Spitzen und ließ das vor Langem erloschene Lächeln leuchten, von dem Martha geglaubt hatte, sie würde es nie wiedersehen.

Manchmal kommt das Leuchten von da, wo man es am wenigsten erwartet, dachte Martha, aber nicht alle dachten so. Nicht alle betrachteten den neuen Hausstand mit Wohlwollen, verstanden nicht das Glück nach so viel Unglück, die heilen Dinge nach den kaputten – aber die Erschütterung in ihrem Leben war so groß gewesen, dass sie den neuen Hausstand jetzt leichter akzeptierten, als wenn er früher entstanden wäre.

Und als das Haus fertig war und seine Bewohner feierten, kamen alle. Auf den Tischen wurden Kerzen entzündet, die erloschen, als der Wind vom Berg strich.

Der Halbmond leuchtete, die Sterne knisterten, und das Meer zeichnete seine salzigen Spuren in den neuen Hafen.

Bert fanden sie nicht mehr.

Bert konnte nicht auf dem Friedhof beerdigt werden, denn Bert war von der Erde aufgenommen worden. Aus seinem Schoß würde Gras wachsen. Seine Arme um die Erde herum, und diese Erde um ihn herum, immer.

Als Martha ihr ehemaliges Zuhause ausgeräumt hatte, damit eine neue Familie darin wohnen konnte, hatte sie jeden Gegenstand einzeln angefasst.

Sie spürte Bert an ihnen.

Sie nahm das Buch vom Nachttisch, klappte es zu, und dann war es geschlossen.

Sie legte es auf die anderen Sachen und trug sie aus dem Haus.

JON

Mouille Point, Kapstadt

Mein Vater kehrte vor Jahren zurück, aber meine Mutter und mein Vater liebten sich nicht mehr. Ich weiß nicht, woher das kam.

Andere Dinge weiß ich jedoch: Ich bin dreizehn und darf so viele Bücher lesen, wie ich will. Ich gehe in eine große Schule, in der ich viele Lehrer habe. Meine ehemalige Lehrerin wohnt jetzt mit meinem Vater auf Tristan zusammen, ich habe sie zweimal besucht. Sie haben ein kleines Mädchen, das viele Haare und viele Fragen hat. Sie leben ihr eigenes Leben.

Ich lebe mit meiner Mutter und Oliver in einem gelben Haus. Dort sind wir aus unserer früheren Wohnung hingezogen, die kleiner war und in der Stadt. Jetzt sind wir nah am Meer und haben mehr Platz. Die Wände im Wohnzimmer sind mit hohen Regalen vollgestellt, und auf dem Boden liegen weiche Teppiche, auf denen ich barfuß gehe, um zu spüren, wie das Gewebe nachgibt. Allmählich gewöhnen wir uns an die Stadt. Oliver gewöhnt sich an uns, auch wenn ich manchmal sehe, wie er mit leeren Augen über die Dächer hinwegschaut wie in ein anderes Land.

Oliver hat zwei Kinder, ein Mädchen und einen Jungen, sie sind schon erwachsen. Sie besuchen uns. Sie studieren an der Universität komplizierte Dinge, und wenn wir am Esstisch sitzen und ich ihnen zuhöre, vergesse ich alles andere. Sie fragen mich, wie ich in der Schule zurechtkomme, und ich erzähle ihnen, dass ich in den Tests die volle Punktzahl bekommen habe. Das bringt sie zum Lachen, obwohl ich die Wahrheit sage. Sie schauen mich freundlich an (obwohl sie am Anfang anders geschaut haben), und dann ist es, als würde in mir drin warmes Wasser blubbern.

Meine Mutter nimmt mich manchmal zum Leuchtturm mit. Von seinem Licht kann ich nie genug kriegen. Einmal durften wir die schmale, gewundene Treppe hinaufsteigen, und der Leuchtturmwärter zeigte mir, wie man das Licht steuert. Er erzählte von untergegangenen Schiffen und vom Wellenbrecher, der groß und massiv werden sollte, aber nie fertig geworden ist. Ich dachte an meinen Vater, dass ich nicht so werden würde. Ich würde die Dinge nicht unfertig lassen.

Als mein Vater aus England zu uns gekommen war, war meine Mutter kurz unglücklich. Ich hörte sie weinen. Ich sah ihre roten Augen. Ich weiß nicht, ob sie traurig war, weil Vater wieder wegging oder wegen etwas anderem. Ich fühlte etwas anderes. Ich erinnerte mich an das stinkende Graue auf dem Bett, auf der Insel, vor langer Zeit: etwas, dem die Haut umgedreht worden war, sodass das Innere herauskam, das ich nicht sehen sollte.

Aber die Tage vergingen, das Weinen verstummte, Oliver kam zu Besuch und blieb immer länger. Bald erzählten sie mir, wir würden in das gelbe Haus ziehen. Es war nicht Olivers Haus, es war für uns alle neu: »Es ist gut, mit reinem Tisch zu beginnen«, sagte meine Mutter, und ich nickte, obwohl ich dachte, dass auf einem Tisch immer Krümel lagen.

Jetzt sieht Mutter glücklich aus, jedenfalls lächelt sie. Wenn der Schultag zu Ende ist, kommt sie ans Schultor und holt mich ab. Manchmal geht Oscar mit uns. Oscar hat schon in vielen Ländern gelebt, denn seine Eltern verbreiten den Glauben. Er bringt mir ulkige Wörter in ulkigen Sprachen bei, isst sein Pausenbrot mit mir und mag mich, weil ich mir immer die Wörter merke, die er mir beibringt. Und weil ich auch anderswo gelebt habe.

Ich glaube, er ist mein Freund.

Oliver ist von Anfang an mein Freund gewesen. Er sieht in mir nicht, was er will, sondern, was in mir ist, und er brachte mich zum Reden, als ich nicht reden wollte. Meine Mutter schaute mich so drängend an, dass ich das Gefühl hatte, in meiner Brust schwimme ein kranker Fisch, aber Oliver schaute, ohne etwas zu verlangen. Er klammerte sich nicht verzweifelt an meine wenigen Worte, so wie Mutter, die zu nahe war, zu schwer, Oliver ließ mir Platz zum Atmen und erlaubte mir, zu sein, wer ich wollte.

Er ist nicht mein Vater.

Mein Vater ist mir ein Rätsel, sein Weggehen und Wiederkommen. Ich vermisse ihn manchmal, aber das passiert immer seltener, denn er ist die meiste Zeit meines Lebens weg gewesen. Er hat sich auf andere Dinge konzentriert, und das tut er jetzt auch.

Ich habe keine Albträume mehr, aber auch sonst keine Träume. Etwas in mir ist kaputtgegangen an dem Tag, an dem ich den Berg hinunterrannte und aufhörte, nach dem Schatz von Thomas Currie zu suchen. Ich hörte auf, an Märchen zu glauben, und fing an, nach Dingen zu suchen, die wahr sind, auch kleine, wie Mutters Haarnadel oder die silberne Uhr, die an Olivers Handgelenk tickt. Ihr Armband ist so lang, dass ich sie mir einmal ums Fußgelenk band.

Etwas ging kaputt, aber ich kann in meinen Nächten ohne Fantasiegebilde leben. Ich kann leben, obwohl ich tagsüber manchmal, wenn ich Rot sehe, dunkles Orange, *ihn* sehe: den Mann, der wegschmolz.

Bert.

Sam kam mir nach und hob mich hoch, legte mir die Hand über die Augen und sagte: »Schau nicht hin.«

Er schaute hin, sah den Schmerz meiner Brandwunden und drückte Umschläge darauf – denn er gehört zu denen, die pflegen, während andere Schmerz zufügen. Oder vielleicht ist es auch nicht so einfach.

Sam blieb eine Zeit lang in der Stadt. Ich durfte ihn manchmal treffen, aber dann ging er weg. *In den Norden*, sagte er, er hatte einen kleinen Rucksack auf und ein dickes Geldbündel in der Tasche, das er mit dem Entladen von Containern im Hafen verdient hatte. Martha, deren Bauch an das Ei eines urzeitlichen Riesenvogels erinnerte, und ich begleiteten ihn zu einem verrosteten Omnibus.

Meine Mutter und Oliver warteten im Auto auf mich. *Mutter mag die Lehrerin nicht, ich weiß nicht, warum*, jetzt weiß ich es: Die Lehrerin ist wie mein Vater, und so wird meine Mutter nie werden.

Mit Tempo fuhren wir vom Busbahnhof davon.

Als wir die Uferstraße erreicht hatten, kurbelten wir die Fenster herunter, sodass uns die heiße Luft kühl ins Gesicht schlug. Es war schwer, die Augen offen zu halten, aber wenn man es tat, sah man, wie jede Welle einzeln glitzerte und sich auf dem immer glatter werdenden Sand ausstreckte. Irgendwo in den Tiefen des Sandes vermengten sich die vertrockneten Gliedmaßen von Meerestieren mit feuchten Ruinen eingestürzter Burgen.

Wir fuhren weiter, der Himmel bog sich als blaues Gewölbe über uns, und wir hatten den ganzen Tag Zeit.

MARTHA

Edinburgh of the Seven Seas, Tristan da Cunha

Martha steigt vom Spähhügel hinab und kehrt nach Hause zurück, wo die anderen bereits aufgewacht sind.

Das Mädchen läuft ihr entgegen.

»Mama!«, ruft es und lässt den Mund halb offen stehen, in einem fröhlichen Grinsen, das die Zähne entblößt. Das ist sein eigener Gesichtsausdruck, so einen haben weder Martha noch der Vater des Mädchens.

»Hallo, mein Schatz. Die Mama war Schiffe schauen.«

»Was für Schiffe?«, fragt das Mädchen, obwohl es schon weiß, dass so gut wie nie Schiffe kommen.

»Vorgestellte. Aber ich habe sie ganz deutlich gesehen.«

»Weil du Schiffsaugen hast?«

»Genau. Und Vogelaugen und Seehundaugen und Augen, die sehen, dass du dir die Zähne putzen musst.«

Das Mädchen schüttelt den Kopf und blickt seine Mutter trotzig an.

Martha schaut auf die Augen des Mädchens, aus denen später auch einmal Schiffsaugen werden, ganz echte. Jemand könnte vor ihrer Dunkelheit Angst haben.

»Sei ein braves Mädchen«, sagt Martha, »geh jetzt.«

Aber das Mädchen bleibt stehen. »Können wir danach etwas backen?«, fragt es.

»Schauen wir mal.«

»Oder uns ums Vieh kümmern?«

»Das ist nicht ausgeschlossen.«

Das Mädchen gibt sich mit der Antwort zufrieden und rennt aus der Küche. Seine langen, zottigen Haare erinnern an die schwarze Lava, die das Ufer überzogen hatte.